前言

<small>李洪波</small>

  北京是一座具有悠久历史和灿烂文化的世界名城，是辽、金、元、明、清五朝古都，历经沧桑，有着丰富的文化遗产，积淀了无数珍贵的名胜古迹。楹联，作为中华民族一种独特的艺术形式，是名胜古迹中最直观的文化现象。到明清时期，楹联文化发展到一个高峰，产生了大量优秀的楹联作品。北京作为明清两朝都城，文化繁荣，士人云集，一些君臣都热衷于撰联，《日下旧闻考》等北京古籍、《楹联丛话》等楹联专书中都著录了很多楹联作品。

  北京地区的楹联数量多，艺术性高，具有鲜明的古都特色。总体来讲，联语大气，文化底蕴深厚，题写者多帝王、高官、名士。尤其是故宫中的楹联具有独特的皇家色彩，能够体现出古都文化的厚重和历史感，形式严谨典雅，内容以歌功颂德为主，气象恢宏、寓意美好。

北京地区楹联的类型齐全，既有大量的宫殿庙堂楹联，也有丰富的名胜园林楹联，还有寺观古刹、会馆商肆、祠堂宗庙、茶楼戏台等各种类型的楹联，以及普通宅第的老门联。这些楹联中固然不少应制、应景的泛泛之作，也有相当作品反映出撰联者的独具匠心，体现了较高的艺术水准。颐和园、圆明园、三海等过去皇家园林中的楹联，往往表现帝王在繁忙政务之余所追求的闲逸情致，更注重他们的文雅情怀和审美气质，艺术性高妙的作品相对多一些。北京地区佛寺、道观很多，其大量楹联内容虽多以倡扬其宗教义理为主，但构思精妙，富有理趣。有些特殊场景中的楹联，立意独特，贴合环境，如书院学校中的楹联，往往含有特殊的崇德、劝学、励志、启智等意蕴；祠堂中的楹联，强调景仰先贤，抒发历史感怀；会馆中的楹联，颂扬同乡之谊，流露桑梓之情；普通人家的老门联，则更多赞颂和平盛世，希冀家风绵长等。如此等等，不一而足。

北京既有园林苑囿，又据山水形胜，士人们用楹联挥洒才情、再现山水景物的同时，往往着重表现山水景物的真趣以及对人生、事理的感悟。有的楹联是直抒自然情怀和山水审美体验，把自得的审美情感、审美知觉传递给读者，表达出一种即物直寻、物我两忘的境界。比如题北海濠濮间的一副楹联，"眄林木清幽，会心不远；对禽鱼翔泳，乐意相关"，写出了作者对清幽的林间景色的心领神会，流连忘返，表达了物我融合无间的自由感受，意境清远，情致高雅。

有的作品渗入了怀古幽思、感喟世事等慷慨情绪，体现出作者深切的历史感怀。比如东城区西裱褙胡同有明代名臣于谦的祠庙，著名学者魏源所撰楹联一副，"砥柱中流，独挽朱明残祚；庙容永奂，长赢史笔芳名"，该联赞颂了于谦在"土木之变"后，率军抗击瓦剌入侵京城，力挽大明江山社稷的丰功伟绩。虽然后来明英宗复辟，以谋逆罪将其杀害，但于谦作为民族英雄，永垂青史，令人敬仰。这些楹联，都是古都北京悠久的历史文化传统的直接呈现。

关于楹联的分类有很多种，本书因为立足于北京文化内涵挖掘，所以主要根据楹联所附着的建筑类别，分为以下几类：宫殿坛庙楹联，名胜园林楹联，寺观庵堂楹联，名人古迹楹联，五行八作楹联，还有其他楹联。这样既体现出北京文化的丰富层次，包括皇家文化、士大夫文化和市井文化三个层面，又能够尽可能涵盖不同类型的楹联，体现楹联这个独特文体所承载的中华文明的延续性、创新性、统一性、包容性与和平性。

目录

宫殿坛庙楹联

佚名，故宫太和门联 004

乾隆题太和殿（中殿）联 006

乾隆题太和殿（正殿）联 010

乾隆题中和殿联 012

乾隆题保和殿联 014

张居正题文华殿联 016

乾隆题文渊阁联 018

乾隆题武英殿联 020

康熙题乾清宫联 022

乾隆题乾清宫联 024

乾隆题乾清宫至圣先师室联 026

康熙题交泰殿联 028

乾隆题坤宁宫联 030

乾隆题坤宁宫联 032

雍正题上书房联 034

雍正题斋宫联 036

乾隆题斋宫寝宫联 038

慈禧题皇极殿联 040

慈禧题皇极殿联 042

乾隆题乐寿堂联 044

佚名，畅音阁春联 046

佚名，畅音阁戏台联 048

佚名，阅是楼联 050

佚名，养心殿西板门春联 052

乾隆题养心殿东暖阁联 054

雍正题养心殿西暖阁联 056

乾隆题三希堂联 058

慈禧题储秀宫联 060

雍正题重华宫东室联 062

乾隆题历代帝王庙联 064

乾隆题先师庙（孔庙）大成殿联 066

乾隆题先师庙（孔庙）大成殿联 068

乾隆题国子监辟雍联 070

法式善题国子监韩愈祠联 072

赵孟頫题元大内皇宫门联 074

名胜园林楹联

雍正题圆明园正大光明殿联 ……………………………… 080

雍正题九州清晏第一进圆明园殿联 …………………… 082

乾隆题九州清晏第二进奉三无私殿联 ………………… 084

乾隆题文源阁联 …………………………………………… 086

佚名，圆明园淳化轩联 …………………………………… 088

佚名，圆明园戏台联 ……………………………………… 090

佚名，颐和园涵远堂联 …………………………………… 094

佚名，颐和园澄爽斋联 …………………………………… 096

慈禧题德和园大戏楼联 …………………………………… 098

佚名，颐和园绣漪桥联 …………………………………… 100

佚名，颐和园十七孔桥联 ………………………………… 102

佚名，颐和园涵虚堂联 …………………………………… 104

乾隆题团城承光殿联 ……………………………………… 106

赵翼题金鳌玉𬟽桥联 ……………………………………… 110

乾隆题北海智珠殿联 ……………………………………… 112

佚名，北海法轮殿联 ……………………………………… 114

佚名，濠濮间临水轩联 …………………………………… 116

佚名，画舫斋联 …………………………………………… 118

佚名，春雨林塘殿联 ……………………………………… 120

佚名，小玲珑室内联 ……………………………………… 122

佚名，得性轩联 …………………………………………………… 124

乾隆题先蚕坛亲蚕殿联 ………………………………………… 126

佚名，北海镜清斋联 …………………………………………… 130

佚名，北海韵琴斋联 …………………………………………… 132

乾隆题西天梵境大慈真如殿联 ………………………………… 134

乾隆题阐福寺天王殿联 ………………………………………… 138

乾隆题阐福寺大佛殿联 ………………………………………… 140

乾隆题澄观堂联 ………………………………………………… 142

佚名，南海宝月楼南室联 ……………………………………… 144

乾隆题南海静柯室联 …………………………………………… 146

乾隆题淑清院日知阁联 ………………………………………… 148

佚名，瀛台涵元殿联 …………………………………………… 150

佚名，瀛台香扆殿联 …………………………………………… 152

佚名，中海景福门联 …………………………………………… 154

佚名，中海延庆楼联 …………………………………………… 156

佚名，中海延庆楼联 …………………………………………… 158

佚名，中海紫光阁联 …………………………………………… 160

乾隆题观象台紫微殿联 ………………………………………… 162

王铎题京师贡院明远楼联 ……………………………………… 164

殷兆镛题"水木清华"联 ……………………………………… 166

张百熙题京师大学堂联 ………………………………………… 168

慈禧题恭王府多福轩联 ………………………………………… 170

翁方纲题陶然亭联..................172

林则徐题陶然亭联..................174

佚名，居庸关联....................176

佚名，居庸关联....................178

程德润题通州河楼联................180

寺观庵堂楹联

乾隆题白云观丘祖殿联..............186

郑燮题白云观华室联................188

乾隆题雍和宫大雄宝殿联............190

乾隆题雍和宫大雄宝殿联............192

钱陈群题雍和宫万福阁联............194

乾隆题法源寺大雄宝殿联............196

乾隆题法源寺无量殿联..............198

雍正题潭柘寺大雄宝殿联............200

佚名，潭柘寺弥勒殿联..............202

康熙题潭柘寺栴檀佛楼联............204

乾隆题潭柘寺流杯亭联..............206

康熙题戒台寺大雄宝殿联............208

乾隆题戒台寺戒坛联................210

雍正题卧佛寺殿前联................212

乾隆题法华寺大悲殿联..............214

西山碧云寺罗汉堂联 ... 216

乾隆题香山寺大殿联 ... 218

乾隆题大觉寺精舍联 ... 220

乾隆题香界寺正殿联 ... 222

乾隆题云居寺毗卢殿联 ... 224

佚名，红螺寺大雄宝殿门联 ... 226

乾隆题黑龙潭龙王庙联 ... 228

赵翼题正阳门关帝庙联 ... 230

乾隆题东岳庙联 ... 232

佚名，通州药王庙联 ... 234

康熙题宣武门天主教堂联 ... 236

佚名，马甸清真寺联 ... 238

名人古迹楹联

边贡题文天祥祠联 ... 244

魏源题于谦祠联 ... 246

江春霖题松筠庵联 ... 248

康有为题袁崇焕庙联 ... 250

李调元题四川会馆联 ... 252

阮元题京师扬州会馆联 ... 254

左宗棠题京师湖广会馆联 ... 256

李鸿章题京师安徽会馆联 ... 258

赵继元题安徽会馆联 260

佚名，安徽会馆戏台联 262

佚名，山西会馆联 264

佚名，董诰族亲厅堂联 266

刘凤诰题赵象庵宅联 270

沈瑜庆题小秀野堂联 272

佚名，梅巧玲故居门联 274

佚名，谭鑫培故居门联 276

林纾自撰旧居门联 278

梁同书题阅微草堂联 280

倪国琏题吕家藤花联 282

何绍基自题联 284

鄂比赠曹雪芹联 286

严保庸挽玉麟联 288

谭继洵挽谭嗣同联 290

五行八作楹联

高其佩题荣宝斋联 296

乐凤鸣撰同仁堂联 298

鲍珍撰京城庙市联 300

董邦达题剃发店联 302

张问陶题京师和春部戏馆门联 304

佚名，查楼戏台联 306

佚名，京都同乐轩戏园联 308

佚名，京师戏园联 310

孙家鼐题王致和酱园联 312

谢崧岱自题一得阁联 314

佚名，广和居联 316

佚名，谦祥益联 318

其他楹联

王叔承撰嘉靖青词联 326

纪昀撰乾隆万寿联 328

佚名，长巷三条 41 号院门联 330

佚名，梁家西园胡同 7 号门联 332

佚名，钱市胡同 10 号门联 334

佚名，北河槽胡同门联 336

佚名，南深沟好景胡同 16 号门联 338

佚名，同乐胡同 21 号门联 340

佚名，万源夹道 11 号门联 342

佚名，中毛家湾 53 号门联 344

佚名，西栓（原栓马桩）胡同门联 346

佚名，苏罗卜胡同 3 号门联 348

佚名，北河槽胡同门联 350

佚名，粉房琉璃街 65 号联 ……………………………………… 352

佚名，三井胡同 35 号门联 ………………………………………… 354

佚名，东南园胡同 5 号门联 ……………………………………… 356

佚名，铁鸟胡同 1 号门联 ………………………………………… 358

佚名，西兴隆街 53 号门联 ………………………………………… 360

佚名，东南园胡同 49 号门联 ……………………………………… 362

佚名，长巷头条 70 号门联 ………………………………………… 364

佚名，铁树斜街 77 号门联 ………………………………………… 366

佚名，花市上头条 53 号门联 ……………………………………… 368

佚名，西打磨厂 45 号门联 ………………………………………… 370

佚名，杨梅竹斜街 33 号门联 ……………………………………… 372

佚名，宫门口横胡同 1 号门联 …………………………………… 374

佚名，白米斜街 11 号门联 ………………………………………… 376

参考书目 ……………………………………………………………… 379
编后记 ………………………………………………………………… 381

宫殿坛庙楹联

乾隆题太和殿（正殿）联

康熙题乾清宫联

清代的康熙、雍正、乾隆等几位皇帝，都特别热衷楹联创作，尤其是乾隆皇帝，基本上每处必题，上有行者下必效之，形成了清代繁荣的楹联创作局面。今故宫可以说是北京地区楹联最为丰富的名胜景点，总数有数百副之多。从太和殿、中和殿到保和殿以及文华殿、武英殿，从乾清宫、交泰殿到坤宁宫，乃至储秀宫、畅音阁、养心殿等，意蕴深厚的楹联随处可见。从宫殿坛庙的楹联中，可以切身感受到皇家文化的典雅肃穆。

宫殿坛庙楹联多用词典雅，大量使用经书中艰深的典故，一方面显示帝王的博学，这符合宫殿庄重肃穆的氛围，另一方面也为了突出统治者的至尊意识，宣扬权力的正统。这部分楹联中也有不少为了国家长治久安，帝王们自诫或警示子孙之作，敬天保民、克勤克俭、允执厥中，饱含着中国传统的治国智慧。

本部分编选楹联35副，以故宫为最大宗，先外朝后内廷，排序先中轴，而后东西。故宫外，还有历代帝王庙、孔庙、国子监。最后是赵孟𫖯题元大内皇宫门联，有专家认为这是北京皇城最早的楹联。

日丽丹山，云绕旌旗辉凤羽；
祥开紫禁，人从阊阖觐龙光。
——佚名，故宫太和门联

题解

太和门，故宫太和殿前大门，是群臣觐见皇帝的必经之处，在紫禁城中位置非常重要。此联为太和门左门楹联，不知何人所题。

上联写旭日东升，光芒万丈，使皇宫显得更加壮丽光明，旌旗飘扬，凤羽生辉，写出了皇帝临朝之时仪仗的华丽，手法绚烂，使人如在仙境；下联写紫禁城打开了吉祥之门，群臣由太和门入殿觐见天子。所谓"阊阖""龙光"，都是着意渲染皇帝地位的神圣与至高无上。无论是用词还是意境，此联都体现出典型的皇家气象。

简注

[丹山] 古谓产凤之山名，此处指皇宫。

[阊阖（chānghé）觐龙光] 阊阖，神话传说中的天门，此处指宫门。龙光，古代帝王自称真龙天子，龙光指皇帝的丰姿威仪。明叶春及《赠汝诚应贡北上》诗："万国儒绅肃鹭行，九天阊阖觐龙光。"

龙德正中天，四海雍熙符广运；

凤城回北斗，万邦和协颂平章。

——乾隆题太和殿（中殿）联

作者简介

乾隆(1711—1799)，即清高宗，名弘历，是雍正第四子，雍正十三年（1735）即位。他文治武功，一生喜欢著文吟诗赏画；重视文物典籍的收藏与整理，令将内府珍藏编成《石渠宝笈》《西清古鉴》等。

题解

太和殿是皇宫正殿,故宫三大殿之一,俗称"金銮殿",是皇帝举行登基、大婚等重大庆典仪式的场所。

上联写皇帝仁德如日处中天,四海之内百姓和乐的盛世图景,正体现出圣王的德行广大而影响深远;下联写大清一统天下,秩序井然,京城为天下的中心,像北斗一样为众星所拱,万邦协和,平正昌明。联语为乾隆皇帝所撰,庄重典雅,气度不凡,体现出一国之君掌握天下的帝王气势。

简注

[龙德正中天] 天子仁德正盛的意思,出自《周易·文言传·乾》:"初九曰'潜龙勿用',何谓也?子曰:'龙德而隐者也……'九二曰'见龙在田,利见大人',何谓也?子曰:'龙德而正中者也……'"龙德,即君德、天子之德。

[四海雍熙] 天下和乐的意思。唐武则天《曳鼎歌》:"天下光宅,海内雍熙。"钱起(一作赵起)《奉和圣制登会昌山应制》:"六龙多顺动,四海正雍熙。"

[广运] 广大而远达。《尚书·大禹谟》:"帝德广运。"

[凤城] 指京城。杜甫《夜》诗:"步蟾倚仗看牛斗,银汉遥应接凤城。"宋赵次公注:"秦穆公女吹箫,凤降其城,因号丹凤城,其后,言京城曰凤城。"

[回北斗] 像北斗一样为众星所回环拱绕。又,古人所云"北

斗回杓",还有春意盎然、生机正浓的意思。欧阳修《春帖子词》:"欲识春来自何处,先从天上斗回杓。"周必大《金国贺正旦使副到阙紫宸殿宴致语口号》:"北斗回杓恰指寅,东皇御极畣施仁。"

[万邦和协颂平章] 出自《尚书·尧典》:"克明俊德,以亲九族。九族既睦,平章百姓。百姓昭明,协和万邦。"平章,平正彰明。

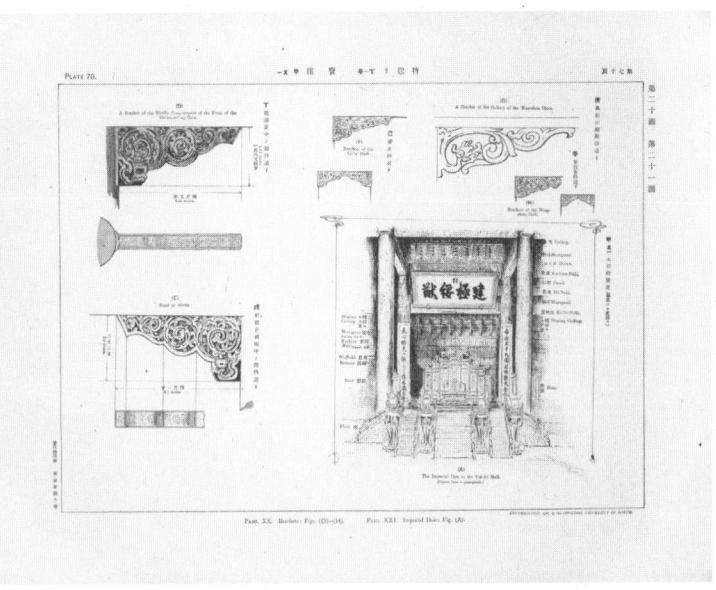
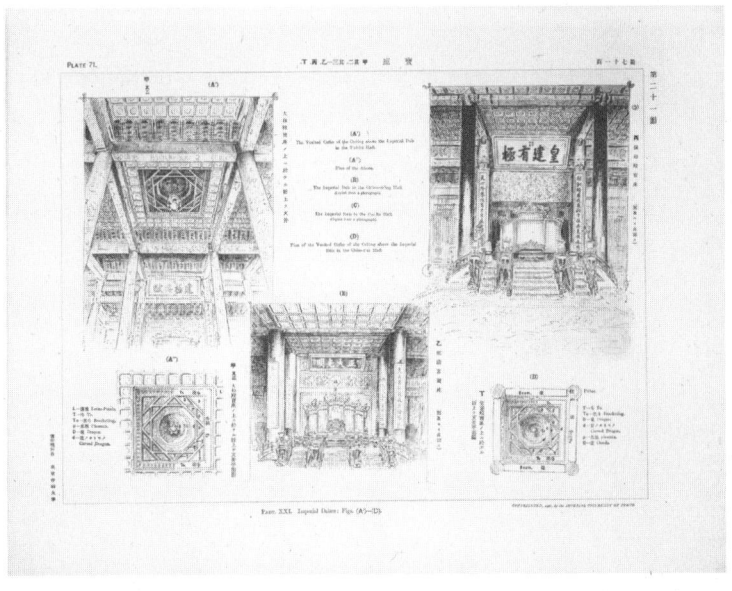

《北京皇城建筑装饰》,日本明治三十九年(1906)
东京帝国大学工科大学学术报告

帝命式于九围，兹惟艰哉，奈何弗敬；
天心佑夫一德，永言保之，遹求厥宁。

——乾隆题太和殿（正殿）联

题解

此联用了很多《诗经》《尚书》《礼记》等儒家经书中的句子，写统治之艰难，带有训诫、警示的意味。上联写上天命大清天子做九州的楷模，这是非常艰难的，怎么能够不恭敬严谨地对待呢？下联写天命佑护大清，因为统治者有帝王之仁德，要永久保持这种仁德，这样才能不负天命，以求永保统治安定。

殿额乾隆御笔"建极绥猷"。建极，典出《尚书·洪范》："皇建其有极。"建，立也；极，中也。绥猷，典出《尚书·汤诰》："惟皇上帝，降衷于下民。若有恒性，克绥厥猷惟后。"绥，原义为登车时挽手的绳索，引申为安抚、顺应的意思；猷（yóu），指计算，谋划，引申为道、法则。建极绥猷，意为：天子承担上对皇天、下对庶民的双重使命，既须承天而建立法则，又要抚民而顺应大道。

简注

[帝命式于九围] 出自《诗经·商颂·长发》。命，命令。式，法，榜样。九围，九州。

[天心佑夫一德] 出自《尚书·咸有一德》："惟尹躬暨汤，咸有一德，克享天心，受天明命。"

[永言保之] 出自《诗经·周颂·载见》。言，语气助词。

[遹（yù）求厥宁] 出自《诗经·大雅·文王有声》。遹，语气助词。

时乘六龙以御天,所其无逸;
用敷五福而锡极,彰厥有常。
——乾隆题中和殿联

题解

中和殿,故宫三大殿之一,是皇帝前往太和殿举行盛大典礼时休息、接受执事官朝拜的地方。

这副楹联用了很多儒家经典中的典故和句子。上联写君王要经常出巡,体察民情,励精图治,不要贪图安逸;下联写君王将五福普遍施予臣民,上天就会赐给君王统治的法则,这是非常显明而吉祥的。此联寓劝勉之意,说帝王勤勉从政,就会得到上天的护持保佑,体现了封建帝王的统治思想。

正中的横额是"允执厥中",紧扣中和殿的"中"字,典故出自《尚书·大禹谟》:"人心惟危,道心惟微。惟精惟一,允执厥中。"

简注

[时乘六龙以御天] 出自《周易·彖传·乾》。传说天帝出巡时,有六条神龙替他拉着出行的车子。

[所其无逸] 出自《尚书·无逸》。不要贪图安逸的意思。

[用敷五福而锡极] 出自《尚书·洪范》:"皇极,皇建其有极,敛时五福,用敷锡厥庶民。"敷,普遍。五福,指寿、富、康宁、攸好德、考终命五种福。锡,赐予,施予。

[彰厥有常] 出自《尚书·皋陶谟》:"皋陶曰:'宽而栗,柔而立,愿而恭,乱而敬,扰而毅,直而温,简而廉,刚而塞,强而义。彰厥有常,吉哉!'"

祖训昭垂,我后嗣子孙,尚克钦承有永;
天心降鉴,惟万方臣庶,当思容保无疆。
——乾隆题保和殿联

题解

保和殿是皇帝在除夕、正月十五举行宴会，宴请蒙古、新疆等外藩王公以及文武大臣的地方。乾隆五十四年（1789）起，保和殿又成为举行科举考试最高一级殿试的考场。

这是一副含有训诫警示意味的楹联。上联写祖宗传留的训诫昭著，告诫后世子孙应该恭敬严谨地遵循，这样才能永久继承皇位；下联写上天显示的意旨显明，天下的臣子庶民，一定要体会并遵从天意，保全大清的基业万世无疆。此联借祖训与天意来强化统治权力的合理性，渲染了一种皇室的威严。

横额"皇建有极"，出自《尚书·洪范》，意为君王建立王权有一定的法则。

简注

[昭] 明。

[克钦承] 语出《尚书·说命》："惟说式克钦承。"克，能够。钦，敬。

[鉴] 教训、训诫。

[万方臣庶] 普天之下的臣子庶民。

[思容保无疆] 出自《周易·象传·临》："君子以教思无穷，容保民无疆。"

四海升平，翠幄雍容探六籍；
万几清暇，瑶编披览惜三余。
——张居正题文华殿联

作者简介

张居正（1525—1582），字叔大，号太岳，湖广江陵（今属湖北荆州）人。嘉靖二十六年（1547）进士，官至内阁首辅，辅佐明神宗进行改革，是明代著名的政治家。著有《张太岳文集》《帝鉴图说》等。

题解

文华殿在协和门东侧、文华门内,为紫禁城东路南头的开端建筑,与武英殿东西遥对。文华殿初为皇帝常御之便殿,明天顺、成化两朝,太子践祚之前,先摄事于文华殿。嘉靖十五年(1536)仍改为皇帝便殿,后为明经筵之所。清代延续明制,皇帝在此听讲官们讲授经学。

此联意为:在四海宴清的承平之世,皇帝在日理万机之余,仍然珍惜时间刻苦读书,致力于探究六经大义。联语紧扣文华殿来写,有颂扬劝勉之意。

简注

[翠幄(wò)] 宫内锦绣的幕帐。

[探六籍] 探,探究。六籍,指"六经",即《诗》《书》《礼》《易》《乐》《春秋》。

[万几] 即"万机",指当政者要处理的政事。

[瑶编] 对书籍的美称。

[三余] 三国时魏国人董遇利用"三余"时间读书,即"冬者岁之余,夜者日之余,阴雨者时之余"。后多用来形容珍惜时间,刻苦读书。

插架牙签照今古;

开编芸气吐芬芳。

——乾隆题文渊阁联

题解

皇帝在紫禁城治理天下，饮食起居，自然也要读书讲学、修身养性。紫禁城中读书、藏书、刻书之处颇多，比如文渊阁、摛藻堂、武英殿、上书房等。文渊阁位于东华门内文华殿后，是紫禁城中最大的一座皇家藏书楼。乾隆三十八年（1773）皇帝下诏开设"四库全书馆"，编纂《四库全书》。三十九年（1774）下诏兴建藏书楼，用于收藏《四库全书》。四十一年（1776）建成。阁制仿自浙江宁波范氏天一阁。阁的东侧建有一座造型独特的碑亭，亭内立石碑一通，正面镌刻有乾隆皇帝撰写的《文渊阁记》，背面刻有文渊阁赐宴御制诗。乾隆题文渊阁还有两联曰："荟萃得殊观，象阐先天生一；静深知有本，理赅太极涵三。""壁府古含今，藉以学资主敬；纶扉名副实，讵惟目仿崇文。"

这些楹联写出文渊阁藏书之丰富，书中蕴含义理之深奥，对其典藏文献、传承文化的功能做了细致描述。

简注

[插架] 卷轴装书籍收藏时往往需要插在书架上，故称插架。

[牙签] 古代卷轴装帧的书籍，在轴头悬挂一个小牌子，题写书名卷数，称为签，皇家图书有用象牙制作的书签，称为牙签。

[芸] 一种香草，能杀死各种蠹虫，特别是书虫，保护书籍。鱼豢《典略》载："芸香辟纸鱼蠹。"

四库藏书,宝笈牙签天禄上;
三长选俊,缥囊翠轴月华西。
——乾隆题武英殿联

题解

武英殿在三大殿的西侧,明初以来,除了政务典礼之外,更多用于文化活动。康熙年间,设立武英殿书局,开始刊刻书籍。乾隆以后,成为宫中专门校勘、刻印书籍的地方。乾隆三十八年(1773),将从《永乐大典》中辑出的134种珍本用木活字排印,加上此前雕版刻印的4种,赐名《武英殿聚珍版丛书》。武英殿刻书因纸墨优良,校勘精审,书品甚高,被称为"殿本"。

上联记述武英殿刊刻、典藏四部典籍,插架琳琅;下联写选拔出的文人俊士读书不倦,博学多识,用语典雅华美。

简注

[宝笈] 珍贵的书籍。

[天禄] 西汉初萧何建天禄阁,典藏国家档案和重要图书典籍。后代以"天禄"指皇家藏书之处。

[三长] 唐代历史学家刘知几论史家"三长",谓才、学、识。

[缥(piǎo)囊] 本指淡青色丝绸制成的书囊,泛指书籍。南朝梁萧统《文选·序》:"词人才子,则名溢于缥囊。"

[月华] 本义为月光,此处指月华门。唐白居易《和刘郎中学士题集贤阁》诗曰:"万卷图书天禄上,一条风景月华西。"唐大明宫的月华门,西向而开,集贤阁正处于月华门外,二者风景一线。本联中的"天禄上""月华西"均化用此诗典故。乾清门内西庑正中为月华门,与东庑的日精门相对。

表正万邦，慎厥身修思永；

弘敷五典，无轻民事惟难。

——康熙题乾清宫联

作者简介

康熙（1654—1722），即清圣祖，名玄烨，是历史上较有作为的皇帝，在位六十一年，促进了经济繁荣和国家统一。

题解

乾清宫是后三宫的第一宫,是明朝以及清代前期皇帝居住并处理日常事务的地方,雍正以后,成为举行重要的内廷典礼,接见大臣、使节的地方。

上联写要使各国臣服,成为各国统治的典范,就必须谨慎地对待自己的言行,坚持不懈地修养德行,这样才能永保帝业;下联写要治理国家维护统治,就要大力提倡"父义、母慈、兄友、弟恭、子孝"五种道德规范,不要轻视百姓生产生活之事。康熙借联语表达了"修身、齐家、治国、平天下"的政治理想。

"正大光明"横额在乾清宫后墙上,是清顺治帝的笔迹,康熙临摹后悬挂于此。

简注

[表正万邦] 出自《尚书·仲虺之诰》。意为做万国的典范、表率。

[慎厥身修思永] 出自《尚书·皋陶谟》。慎厥身,自身要谨慎小心。修思永,修养要坚持不懈。

[弘敷五典] 大力提倡、弘扬"父义、母慈、兄友、弟恭、子孝"五种道德规范。

[无轻民事惟难] 出自《尚书·太甲》。伊尹劝告太甲不要看轻百姓的劳役之事,那是很艰难的。

克宽克仁,皇建其有极;
惟精惟一,道积于厥躬。
——乾隆题乾清宫联

题解

统治策略要能够做到宽弘、仁和,这是君王建立王权的法则。统治要精诚专一,理想的治国之道取决于皇帝亲身的励精图治。

此联表述了乾隆的统治理想,克宽克仁,惟精惟一,身体力行,其实也是圣王的统治理想,但在历史上,真正能够做到这点的并不多见。

简注

［克宽克仁］出自《尚书·仲虺之诰》:"克宽克仁,彰信兆民。"

［道积于厥躬］出自《尚书·说命》:"允怀于兹,道积于厥躬。"厥,语气词。躬,亲身,亲自。

开洙泗心传,圣由天纵;
集唐虞道统,德合时中。
——乾隆题乾清宫至圣先师室联

题解

至圣先师室在乾清宫东庑。此为宫内供奉孔子的地方。额曰"与天地参",也是乾隆所题。

此联是说孔子是上天赋予的圣人,开启了儒家一派,他传承尧、舜等前代圣王的道统,以中庸之道为根本,将个人道德修养和治理国家的心法精义传之后世。

简注

[洙泗] 洙、泗为山东境内两条河流,自今泗水县北合流西下,至曲阜北,又分为二水。春秋时为鲁国之地,孔子居于洙、泗之间教授弟子,后人以"洙泗"代称儒家。

[心传] 本指禅宗师徒心心相印,悟解契合,递相授受。宋儒为宣扬道统,将《尚书·大禹谟》中"人心惟危,道心惟微。惟精惟一,允执厥中"十六个字看作尧、舜、禹三圣心心相传的道统,称为"十六字心传"。

[圣由天纵] 天纵,上天所赋予。出自《论语·子罕》:"固天纵之将圣,又多能也。"

[唐虞] 尧为陶唐氏,舜为有虞氏,唐虞即尧、舜。相传唐虞之时为儒家推崇的圣王统治盛世。

[道统] 儒道继承传续的传统。

[时中] 儒家主张立身行事要合乎时宜,坚守中庸之道。出自《礼记·中庸》:"君子之中庸也,君子而时中。"

恒久咸和，迓天休而滋至；
关雎麟趾，立王化之始基。
——康熙题交泰殿联

题解

交泰殿,紫禁城后三宫中的第二宫,殿名取自《周易》,寓意是"天地交合、和谐安泰"。始建于明嘉靖年间,是皇后重大节庆时接受朝贺的地方,清代也常常作为册封皇后及举行诞辰礼的地方。

上联写王道的恒久,万民的和谐,是接受上天赐予的美德而达成的;下联写帝后的贤良美德和子孙的美盛,是圣王统治教化的基础和根本。此联宣扬和美化的是王权政治的神圣性,词句多从古代儒家经典中摘取,显得典雅庄重。

横额"无为",为康熙所题。无为,与中国传统的"黄老"统治思想有关,"无为而无不为",顺应自然,天下大治,是历代帝王都非常向往的统治境界。

简注

[恒久]《周易·象传·恒》:"恒,久也。"

[咸和]《说文》:"咸,和也。"《尚书·无逸》记载周公说文王"不遑暇食,用咸和万民"。《荀子·大略》:"《易》之《咸》,见夫妇。夫妇之道,不可不正也,君臣父子之本也。"

[迓(yà)] 迎接。

[天休] 上天赐予的德泽。

[关雎麟趾]《关雎》《麟趾》都是《诗经》篇名,按照传统解释,《关雎》主旨是歌颂帝后的贤良美德,《麟趾》主旨是赞子孙之美盛。

[王化] 圣王的统治教化。

斯干咏松竹；

天保颂升恒。

——乾隆题坤宁宫联

题解

坤宁宫是后三宫的第三宫,明朝时是皇后的寝宫,宫名取自《道德经》:"昔之得一者,天得一以清,地得一以宁,神得一以灵,谷得一以盈,万物得一以生,侯王得一而以为天下正。"古代,皇帝是天(乾),皇后就是地(坤),故皇后寝宫名坤宁宫,皇帝寝宫名乾清宫。清代改为祭神场所。每逢大的庆典和元旦,皇后还要在这里举行庆贺礼。东暖阁清代为皇帝大婚的洞房,婚礼后皇帝和皇后在此住三天,然后搬到养心殿。

此联上下联各以《诗经》的篇名开首,上联说希望根基像竹子那样稳固,枝叶像松树那样繁茂;下联祝颂君王寿命如终南山那样长久。联语以颂扬祝祷为主,用典贴切,对仗工整,非常切合楹联题处的环境氛围。

简注

[斯干咏松竹] 出自《诗经·小雅·斯干》:"如竹苞矣,如松茂矣。"此语常用作祝长寿或宫室落成时的颂词,也用来比喻家族兴盛。

[天保颂升恒] 出自《诗经·小雅·天保》:"如月之恒,如日之升,如南山之寿,不骞不崩。"祝颂君王长寿,国家强盛。

天惟纯佑命,俾尔戬谷,百禄是荷;
民其敕懋和,绥以多福,万寿无疆。
——乾隆题坤宁宫联

题解

这是一副集句联，其意不过是祈祝天下安定，百姓享受福禄，政通人和，万民多福。但所集句都出自《尚书》《诗经》《周易》等儒家经典，比较古奥，从而突出庄重典雅的效果。

简注

[天惟纯佑命] 出自《尚书·君奭》。意为上天以辅国贤臣教告下民。

[俾尔戬(jiǎn)谷] 出自《诗经·小雅·天保》："天保定尔，俾尔戬谷。"意为使你们幸福。

[百禄是荷] 出自《诗经·商颂·玄鸟》："殷受命咸宜，百禄是何。"意为承受上天赐给的福禄。

[民其敕懋和] 出自《尚书·康诰》。意为百姓互相告诫，和顺相处。

[绥以多福] 出自《诗经·周颂·载见》："烈文辟公，绥以多福，俾缉熙于纯嘏。"意为以赐福的方式安抚诸侯。

立身以至诚为本；
读书以明理为先。
——雍正题上书房联

作者简介

雍正(1678—1735)，即清世宗，名胤禛，康熙第四子。雍正性格刚毅，处事果断，施政勤勉。在位期间严整吏治，清查亏空，对赋役进行大刀阔斧的改革，促进了国家经济和社会的发展。

题解

上书房,在故宫乾清门内东侧,是清代皇子们读书的地方。

此处的楹联大都围绕读书治学题写,体现了皇帝对于皇子们读书明理、修养身心的谆谆教诲与殷切期待。比如乾隆也有题上书房联:"念终始典于学;于缉熙单厥心。"强调为学贵有始有终,修心须时刻砥砺。

克践厥猷,聪听祖考之彝训;
无斁康事,先知稼穑之艰难。
——雍正题斋宫联

题解

斋宫位于紫禁城东六宫之南,毓庆宫西。明代和清代前期,祭祀天地前的斋戒均在宫外进行。雍正即位后,鉴于宫廷内部斗争形势,他为确保平安,开始在紫禁城内兴建斋宫,将祭祀天地前的斋戒仪式改在宫中进行。

此联意为:践行治国大道,要聆听先祖的日常训诫;在天下安宁的时候,不要厌弃农事,要牢记耕种的辛劳。皇帝举行祭礼的主要目的是向上天和先祖祈祷。祈求一年风调雨顺,五谷丰登,所以这里再三讲不忘农耕之辛劳,也就是要以农为本,为政权的稳固打下牢固的物质基础。此联含有自诫和警世之意,都是为了国家的长治久安,在古代社会就是为了家天下的长久和稳固。

横额为"敬天"。

简注

[克践厥猷] 能够践行治国大道。践,履行、依循。

[聪听祖考之彝训] 出自《尚书·酒诰》。祖考,祖先。生曰父,死曰考。彝训,日常的训诫。

[无斁(yì)康事] 不要厌弃农事。斁,厌弃,败坏。康事,农事。

[先知稼穑之艰难] 出自《尚书·无逸》。稼穑,种植和收割,泛指农业生产。

午夜端居钦曰旦；
寅衷昭事格惟馨。
——乾隆题斋宫寝宫联

题解

　　此联写皇帝在举行祭礼之前，在斋宫寝宫从半夜就穿好祭服恭候天明，以便在黎明之后成功进行祭礼。这表明了皇帝对祭礼的重视，实际上也是为了颂扬皇帝关心国计民生、谨慎虔敬的美德，这是大多数皇室楹联中最基本的倾向，即歌功颂德。

　　寝宫横额为"敬止"，恭敬、谨慎之意。

简注

［端居］端坐。此处指皇帝穿上祭服准备行祭礼。

［寅衷］古时计时用十二地支。寅，天亮之前三点到五点。衷，同"中"。另一方面，"寅"也通"夤"，"寅衷"也可以理解为敬惕之心。

［昭事］勤勉地服事。出自《诗经·大雅·大明》："昭事上帝，聿怀多福。"

［格］正。

［惟馨］出自《尚书·君陈》："至治馨香，感于神明。黍稷非馨，明德惟馨。"馨，芳香，指散布很远的香气。

宝祚巩黄图，环瀛介嘏；
祥雯辉紫极，璇阁凝釐。
——慈禧题皇极殿联

作者简介

慈禧（1835—1908），又称西太后，咸丰皇帝嫔妃，同治帝生母。她在同治、光绪年间垂帘听政，是当时的实际统治者。

题解

皇极殿,在宁寿宫皇极门内,原为宁寿宫前殿,乾隆重修改名,是他为自己退位后准备的住处。

上联写京城之中的皇位稳固,华美的宫殿显示着无尽之福;下联写五彩祥云辉映着紫禁城,皇宫之中迎纳吉祥。此联多用典故,古奥艰深,内容不过是表达帝王的纳福迎祥。故宫中的大多楹联都有这一特点。

简注

[宝祚] 皇位。

[黄图] 指京城。

[环瀛] 四海之内,此处指帝王的宫殿。

[介嘏] 介,大。嘏,福。

[祥雯] 雯,成花纹状的云彩。祥雯即指祥云。

[紫极] 指天宫,皇宫。

[璇阁] 用美玉装饰的建筑物,指宫殿。

[凝釐(xǐ)] 迎纳吉祥。釐,同"禧",吉祥。

八表被慈徽,梯航景化;
百昌征圣寿,蓂荚书祥。
——慈禧题皇极殿联

题解

上联写八方荒远的地方也沾溉皇帝仁慈的恩德，经历险远的道路，达到圣王统治的大化境界；下联写万物复苏，欣欣向荣，象征着圣王的长寿，蓂、荚等仙草兆示着祥瑞。总之是宣扬帝王的仁德广被天下，盛世多有吉兆祥瑞之意。

简注

[八表] 即八荒，八方荒远的地方。

[慈徽] 皇帝仁慈的恩德。

[梯航] 梯山航海，经历险远的道路。

[景化] 指大化之境。景，大。

[百昌] 指世间的各种生物。

[蓂荚 (míngshà)] 蓂、荚，传说中的神草。蓂、荚都是祥瑞之草。

乐同乐而寿同寿；
智见智而仁见仁。
——乾隆题乐寿堂联

题解

乐寿堂原为乾隆皇帝归政后的书斋。光绪二十年（1894），慈禧太后假托归政尊养，模仿乾隆皇帝当太上皇时的生活方式，移居乐寿堂，以西暖阁为寝室，并在这里庆祝她的六十大寿。

上联用嵌字手法，以"乐""寿"重复而嵌乐寿堂名。《论语·雍也》记载："子曰：'知（智）者乐水，仁者乐山。知者动，仁者静；知者乐，仁者寿。'""乐寿"就取义于此，所以乐寿堂又含山水仁智之意。乾隆有《乐寿堂》诗："清漪乐寿堂，山水寓仁智。"

下联化用《周易·系辞》中"仁者见之谓之仁，智者见之谓之智"的句子，也表达了山水仁智之意。此联采用了回文手法，上下联各自利用词序的往复来表达词意间的有机联系，不论正读、倒读，都显得文通字顺而又回环往复，非常巧妙。

琅璈逸韵应嵩呼，久矣八风从律；
阊阖晴光凝嶰吹，康哉九叙惟歌。
——佚名，畅音阁春联

题解

畅音阁位于宁寿宫后区东路南端,是清宫内廷的演戏楼。畅音阁建筑宏丽,共有三重檐,上层檐下悬"畅音阁"匾,中层檐下悬"导和怡泰"匾,下层檐下悬"壶天宣豫"匾,坐南向北。

这副楹联用了较多的典故和古雅的名物,楹联中的"琅璈""嶰吹"均是古代的乐器名称,表明音乐和美、秩序大同。

简注

[琅璈(láng'áo)] 古玉制乐器。

[嵩呼] 汉元封元年(前110)春,武帝登嵩山,从祀吏卒皆闻三次高呼万岁之声。事见《汉书·武帝纪》。后臣下祝颂帝王,高呼万岁,亦谓之"嵩呼"。

[八风从律]《左传·隐公五年》:"夫舞所以节八音,而行八风。"八风,八方之风。八风从律,指八方音乐都合乎乐律,是天下和合的意思。

[嶰(xiè)吹] 指嶰谷之竹所制的管乐器吹奏的音乐。嶰谷相传是昆仑北部的山谷,黄帝乐官伶伦制定黄钟宫调音律的竹管,即在嶰谷采取。

[康哉] 出自《尚书·益稷》:"元首明哉,股肱良哉,庶事康哉。"意为诸事安宁、天下太平。

[九叙惟歌] 出自《尚书·大禹谟》:"九功惟叙,九叙惟歌。"意为国家治理的各种事务被安排妥当,应该被歌颂称扬。

动静叶清音,知水仁山随所会;
春秋富佳日,凤歌鸾舞适其机。
——佚名,畅音阁戏台联

题解

此联可以令人想象当年皇室在此听戏时,春秋佳日,乐声轻柔,歌舞曼妙,与自然山水谐和,与仁智境界相融,生机盎然,其乐融融,一片祥和。

简注

[叶] 协。协调、和谐。

[清音] 清越的声音。左思《招隐》诗:"非必丝与竹,山水有清音。"此联上半盖取左诗之意。

开窗鱼鸟含天趣；
欹案诗书味道腴。
——佚名，阅是楼联

题解

阅是楼在故宫畅音阁大戏楼的北侧,是清宫观戏场所。这副楹联在楼下中室。

此联写出了读书的乐趣,意旨清远悠长。打开窗子,看到池中游鱼追逐嬉戏,树上飞鸟啁啾,大自然一片蓬勃生机;在这样的天然意趣之中,倚在几案上读书写诗,趣味无穷。联语将室内与室外、动态与静态融为一体,表现出一种怡然自乐、自得其趣的情调,给人以闲雅舒适的感觉。

简注

[欹(qī)] 斜倚、斜靠。

[道腴] 指学说或主张的精髓。腴,丰富、丰润。

三岛春深云气暖；

九霄地迥月明多。

——佚名，养心殿西板门春联

题解

养心殿,在乾清宫西南,是皇帝居住以及处理日常政务的地方。

上联写皇宫之中,春深日暖;下联写天上人间,明月相照。实际上是比喻皇帝仁德纯厚,睿智清明。"三岛""九霄"写出了皇宫的华丽精美,又暗合历代帝王的求仙长生理想。细细品味,少有一般歌功颂德之作的陈腐古板之气。

简注

[三岛] 传说中仙人所居的三座仙山,即蓬莱、方丈、瀛洲,此处指皇宫。

[九霄] 九天云霄之上,指天上的仙境,这里比喻皇宫。

汲古得修绠；
守道无异营。
——乾隆题养心殿东暖阁联

题解

此联是一副集句联。上联说钻研古人学问，必须有恒心，下功夫找出线索，才能有所学，就像从深井汲水必须用长绳一样，出自唐韩愈《秋怀》诗："归愚识夷涂，汲古得修绠。"下联出自唐孟郊《答郭郎中》诗："志士贫更坚，守道无异营。"洁身自好，弘扬道义，坚持一种高尚的人格操守，没有他求。此联表现乾隆对古人之道的追求与坚守，与"养心殿"的名目也正相合，但至于帝王能否持守，实际上是无法深究的。

简注

［修绠（gěng）］修，长。绠，汲水桶上的绳索。

［无异营］没有另外的打算，恪守本志的意思。营，谋求。

惟以一人治天下,
岂为天下奉一人。
——雍正题养心殿西暖阁联

题解

唐张蕴古上唐太宗的《大宝箴》中有言:"故以一人治天下,不以天下奉一人。"在此之前隋炀帝也曾说过类似的话:"非天下以奉一人,乃一人以主天下也。"(《隋书·炀帝纪》)

雍正此联显然是从这些说法中改易而来。意为:以一人兢兢业业、尽职尽责地治理天下,却不将天下视作自己一人之天下。但从封建社会"家天下"的实质来看,这不过是一种自我标榜而已。

西暖阁横额"勤政亲贤",雍正帝题写,意为勤于政事,亲近贤能。

深心托豪素；
怀抱观古今。
——乾隆题三希堂联

题解

三希堂在故宫养心殿内，是皇帝读书和休息的地方。"三希"的意思，有两种不同的解释，一种是指士希贤、贤希圣、圣希天，表达自己的不懈追求与自我勉励。还有一种解释是乾隆皇帝非常喜欢书法，将王羲之书《快雪时晴帖》、王献之书《中秋帖》、王珣书《伯远帖》三件稀世珍宝珍藏于此，称为"三希堂"。

此联写出了乾隆对书法艺术的理解与体悟。古代书法大师作书时的独具匠心、独特襟怀通过作品充分展示出来，后人则能够通过作品体味前人的情趣怀抱，从而多有启迪。通过作品，古今之人的思想情趣达成一种交流，此联虽然短小，但有着很深的内涵与意蕴。

按：三希堂陈设原状以"怀抱观古今"为上联，以"深心托豪素"为下联，与对联的通常形式不符，原因待考。

简注

［深心］指书法家作书时的独具匠心。

［豪素］指用纸笔所写的书法作品。豪，通"毫"，指毛笔。素，指绢帛。

［怀抱］襟怀情调。

百福屏开,九天凝瑞霭;
五云景丽,万象入春台。
——慈禧题储秀宫联

题解

储秀宫是明清两代后宫嫔妃居住的地方,始建于明永乐十八年(1420),原名寿昌宫,嘉靖十四年(1535)改曰储秀宫。清代多次修葺。慈禧曾住在这里。光绪十年(1884)为庆祝慈禧五十寿辰进行了大规模整修,现存建筑为光绪十年重修后的形制。

上联写展开百福屏风,九天之上弥漫着吉祥的云彩;下联写五色祥云绚烂,一片太平盛世景象。该联用丽词华句,大讲吉兆祥瑞,装点出盛世承平、普天同庆的样子,实际上不过是粉饰太平。

《国朝宫史》卷十三《宫殿三》载寿安宫正殿联:"百福屏开,庆叶九如宏寿域;五云景丽,思敷万象入春台。"此联似化用之。

简注

[瑞霭] 吉祥的云彩。

[五云] 五色云,祥瑞之兆。

[万象] 宇宙内外的一切事物或景象。

[春台] 观景之佳地,古代以春台比喻太平盛世。

芰荷香绕垂鞭袖；

杨柳风横弄笛船。

——雍正题重华宫东室联

题解

重华宫位于内廷西路西六宫以北,格局为三进院落。前院正殿为崇敬殿,殿内正中悬匾额"乐善堂"。中院正殿为重华宫,左右配殿的东配殿曰"葆中殿",殿内额曰"古香斋";西配殿曰"浴德殿",殿内额曰"抑斋"。后院正殿为翠云馆。重华宫东室额为"芝兰室"。

这副楹联化用唐代赵嘏《忆山阳》诗"芰荷香绕垂鞭袖,杨柳风横弄笛船"。赵嘏诗作本身描绘了一幅深藏于竹轩和楚坡之间的宁静家园图景。雍正在其休息之所所题楹联化用这一诗句,除进一步传递出原诗作在宁静环境中所感受到的清新气息外,也表达出一种悠然自得甚至是超然物外的情怀。

简注

[芰(jì)] 菱角。《国语·楚语》:"子夕嗜芰,子木有羊馈而无芰荐。"

[垂鞭袖] 此处雍正主要是借诗句表达悠闲惬意,也有垂衣拱手、无为而治的意思。《周易·系辞》曰:"黄帝尧舜垂衣裳而天下治,盖取诸乾坤。"王充《论衡》曰:"垂衣裳者,垂拱无为也。"

治统溯钦承，法戒兼资，洵哉古可为鉴；
政经崇秩祀，实枚式焕，穆矣神其孔安。
——乾隆题历代帝王庙联

题解

历代帝王庙，在阜成门大街。明嘉靖十年（1531）建成，祀三皇（太昊伏羲氏、炎帝神农氏、黄帝轩辕氏），五帝（少昊、颛顼、帝喾、尧、舜），夏、商、周、汉、唐等历代帝王及名臣。清顺治二年（1645）钦定增祀，后多次重修。殿内额曰"报功观德"。

此联意为：治国的传统世代继承，法规戒律皆能有助统治，确实可算作自古皆然的借鉴；按照政治常法崇敬祭祀历代帝王，事迹广大而鲜明，学习其精神和功绩以达到长治久安。

简注

[治统溯钦承] 继承治国的传统。

[法戒] 法规戒律。

[洵] 诚然，实在。

[鉴] 借鉴。

[政经] 政治的常法。

[实枚] 即"实实枚枚"之缩语。实实，广大。枚枚，细密。

[焕] 鲜明。

[穆] 严肃，淳和。

[孔安] 甚安。

气备四时,与天地鬼神日月合其德;
教垂万世,继尧舜禹汤文武作之师。
——乾隆题先师庙(孔庙)大成殿联

题解

北京孔庙，位于北京市东城区安定门内国子监街13号，是元、明、清三代祭祀孔子的场所。该庙始建于元大德六年（1302），大德十年（1306）建成。孔庙因其悠久的历史和文化价值被列为全国重点文物保护单位。

上联意思是，孔子的浩然之气备于四时，与天地鬼神日月的功德相契合；下联意思是，孔子的教化流传后世，继尧舜禹汤文武之后而为万世之师。大成殿原有康熙题匾额"至圣先师"。该联体现了统治者对孔子及儒家思想在中国历史和文化中的重要地位的尊崇与敬仰。

简注

［气备四时］浩然之气备于四季（即春、夏、秋、冬）。

［合其德］与天地的功德相契合。出自《周易·文言》："夫大人者，与天地合其德。"

［教］指孔子创立的儒教学派。

［尧舜禹汤文武］指尧、舜、夏禹、商汤、周文王、周武王等前代圣王。

齐家治国平天下，信斯言也，布在方策；
率性修道致中和，得其门者，譬之宫墙。
——乾隆题先师庙（孔庙）大成殿联

题解

上联大意是说，孔子创立的儒家学说，强调首先要使家族和睦，然后才能治理好国家，最终使天下太平，这些话确实很有道理，都被记载在典籍书册之中；下联意思是，只有遵循本性，修养道德，才能达到中和的境界，使天地万物各得其所，就如同要进入宫墙之内，必须找到正确的路径。此联表达了对孔子的尊崇和对其教育理念的传承。

今天大成殿正中横额"道洽大同"，它非常特殊，因为它是中华民国大总统黎元洪所题。今"道洽大同"右侧有雍正题"生民未有"匾、嘉庆题"圣集大成"匾；左侧有乾隆题"与天地参"匾、道光题"圣协时中"匾。

简注

[布在方策] 一切都记载在典籍之中。出自《礼记·中庸》："文武之政，布在方策。"方策，即方册，指典籍。

[率性修道] 出自《礼记·中庸》："天命之谓性，率性之谓道。"率，循，此言循性行之谓道。

[中和] 指人的修养达到中和境界。出自《礼记·中庸》："喜、怒、哀、乐之未发谓之中，发而皆中节谓之和。"

[得其门者，譬之宫墙] 若想达到中和，就如同进入宫墙内，必须找到其正门即率性修道。

金元明宅于兹,天邑万年今大备;
虞夏殷阙有间,周京四学古堪循。
——乾隆题国子监辟雍联

题解

国子监位于北京市东城区国子监街15号，坐北朝南，按"左庙右学"之制，东邻北京孔庙。这是元、明、清三代国家设立的最高学府和教育行政管理机构，又称"太学""国学"。它始建于元至元二十四年（1287），明永乐、正统年间曾大规模修葺和扩建，清乾隆年间又增建"辟雍"一组建筑，形成现在的规制。

该联的意思是说，金、元、明三代在此建造国子监，天朝继之而建辟雍大殿，规制完备；虞舜、夏、商三代国学制度不存，而西周都城四学的礼制可资遵循。联语体现出对传统教育制度的传承，体现了中国古代文化和思想的深厚底蕴。

简注

[金元明] 指在北京建都的金、元、明三代。

[宅于兹] 在此建都。

[天邑万年] 天子的国都永固。典出《尚书·多士》："予一人惟听用德，肆予敢求尔于天邑商。"

[虞夏殷] 指虞舜、夏代、商代。

[阙有间] 阙，同"缺"。指虞、夏、商三代国学制度已缺废一段时间。

[周京四学] 指西周分设于都城四郊的学校。另一说即周学、殷学、夏学、虞学四代之学。

起八代衰，自昔文章尊北斗；
兴四门学，即今俎豆重东胶。
——法式善题国子监韩愈祠联

作者简介

法式善（1753—1813），本名运昌，字开文，号时帆、梧门。蒙古正黄旗人，乌尔济氏。乾隆四十五年（1780）进士，授检讨，迁侍讲学士。有《清秘述闻》《陶庐杂录》等著作。

题解

韩愈祠，位于北京国子监内。韩愈是唐代古文运动的领袖，主张文以载道，继承孔孟的道统，被尊为百世之师。此联颂扬了韩愈在文章以及道德教化等方面的功绩。上联写韩愈发起古文运动，主张文以载道，振起了自南北朝以来文章绮靡华艳的文风，从此以后被尊为文坛的领袖；下联写韩愈任四门学博士，继承孔孟道统，教育士子，淳化世风，至今被后代尊崇祭祀，供奉于国子监内。作者怀着极大的崇敬来颂扬韩愈，联语典正，对仗工稳。

简注

[八代] 指东汉、魏、晋、宋、齐、梁、陈、隋，正是骈文由形成到兴盛的时代。苏轼《潮州韩文公庙碑》评价韩愈"文起八代之衰"。

[四门学] 古代国家所立的一种学校，北魏时创立四门小学，初设于京师四门，后与太学同在一处。唐代四门学为大学，隶国子监，韩愈曾担任四门博士。

[俎豆] 古代祭祀时的器具，这里指尊崇祭祀。

[东胶] 《礼记》中记载"周人养国老于东胶"，周朝教育贵族子弟的机构，相当于太学。这里指韩愈祠所在的国子监。

日月光天德；

山河壮帝居。

——赵孟𫖯题元大内皇宫门联

作者简介

赵孟𫖯（1254—1322），字子昂，号松雪道人，吴兴（今浙江湖州）人，宋宗室之后，博学多才，工古文诗词，通音律，精鉴赏。书法圆转遒丽，被人称为"赵体"。这副门联是赵孟𫖯袭用陈叔宝诗而来。陈叔宝（553—604），是南朝陈最后一位帝王，即陈后主。

题解

根据明人戴冠《濯缨亭笔记》的说法，元世祖忽必烈召见大书法家赵孟頫，命其为宫门题门联。赵孟頫将陈叔宝《入隋侍宴应诏》诗中"日月光天德，山河（一作川）壮帝居"两句题在宫门上。据说此联是北京城最早的门联。

联语以日、月、山、河，来歌颂皇上的圣德和居所，既是眼前所见，又有深厚寓意，气象也极为恢弘，用于宫门，十分切当。

简注

[天德] 上天的德性。此处是说皇帝上承天之德性。

乾隆題中和殿聯

名胜园林楹联

陶然亭联

北京有圆明园、颐和园、三海等明清皇家园林，也有西山、运河、长城等山水名胜，其中的楹联既有皇家气象，又有灵动的构思，巧妙的想象，在山水楹联中很有特点。即使是帝王之作，也往往表露自己在政务之余的情怀意趣，大多轻灵雅致，艺术性高。

这些楹联不仅具有极佳的装饰性，增加了这些风景名胜的人文气息，还能向游览者提示一个极佳的审美角度，体现了中国特色的美学意境。如今，一边游览这些名胜园林，一边欣赏和琢磨古代楹联的佳妙，无疑会大大增加我们徜徉北京的趣味。

本部分楹联47副，以圆明园、颐和园、三海为主体，颐和园和北海均按照游踪排序，其他包括观象台、京师贡院、清华园、京师大学堂、恭王府、陶然亭、居庸关、通州河楼等。

心天之心而宵衣旰食；
乐民之乐以和性怡情。
——雍正题圆明园正大光明殿联

题解

圆明园,原为清代皇家御苑,占地约5200亩,由圆明园、长春园、绮春园(同治年间改名万春园)组成。园内建有亭台楼阁140余处,被誉为"万园之园"。从康熙四十八年(1709)起,历时150年不断丰富完善而建成。咸丰十年(1860)被英法联军付之一炬,圆明园中各宫殿庙堂的楹联也不复存在。但是根据《日下旧闻考》等传世文献资料,我们今天仍然能够了解当时一些艺术成就颇高的楹联作品。

正大光明殿,是清代皇帝在圆明园听政、宴请外藩、祝寿诞的地方,也是"圆明园四十景"之一。此联既写出了帝王殚精竭虑、勤奋为政的自勉,又表达了与民同乐、颐养性情的情怀,联语精妙,立意也很高。

简注

[心天之心] 想天下所想。出自班固《汉书·王贡两龚鲍传》:"治天下者当用天下之心为心,不得自专快意而已也。"《康熙遗诏》:"共四海之利为利,一天下之心为心。"

[宵衣旰(gàn)食] 天不亮就起身穿衣,天晚了才吃饭。指帝王勤于政事。

[乐民之乐] 出自《孟子·梁惠王上》。与民同乐的意思。

[和性怡情] 心情舒畅、悦乐。汉代徐干《中论·治学》:"学也者,所以疏神达思,怡情理性。"

每对青山绿水会心处,一丘一壑,总自天恩浩荡;
常从霁月光风悦目时,一草一木,莫非帝德高深。
——雍正题九州清晏第一进圆明园殿联

题解

九州清晏位于正大光明殿北面,"圆明园四十景"之一。据史料记载,此处清代历朝皇帝所题楹联甚多。

上联写青山绿水景色优美,令人悠然会心,一丘一壑,园林巧夺天工,都是来自上天的赏赐恩惠;下联写雨过天晴景色明净,览之赏心悦目,一草一木,都离不开天帝的高深德行。联语既写出了游赏其中的惬意,徜徉美景的悠然,又体现出统治者虔敬恭谨的态度,非常贴近皇家园林的环境氛围。此联为雍正做皇帝前在雍亲王藩邸时所题。辽宁开原龙潭寺山门两侧也有乾隆题写的此联。

简注

[天恩浩荡] 皇天的恩赐广阔无垠。

[霁月光风] 指雨过天晴时的明净景象。常用来比喻人的品格高尚、襟怀坦荡。出自宋代黄庭坚《濂溪诗序》:"舂陵周茂叔,人品甚高,胸中洒落,如光风霁月。"又陈亮《谢罗尚书启》:"霁月光风,终然洒落。"

[帝德高深] 帝王的恩德高深无边。

涧泉无操琴,泠然善也;
风竹有声画,顾而乐之。
——乾隆题九州清晏第二进奉三无私殿联

题解

与雍正题联相较,此联更重个人意趣的表达,体现出乾隆本人的风雅情怀。

涧泉清澈,虽无人抚琴,却令人时闻清泉之音,可谓轻灵曼妙。"泠然善也"出自《庄子·逍遥游》,用在此处,正体现出作者对无己无待的逍遥境界的向往。下联写清风徐来,竹影摇曳,风声瑟瑟,令人如见有声之画,不禁大感畅快之至。"顾而乐之"出自苏轼的《后赤壁赋》,写出了忘形山水、乐在其中的惬意。上下联后四字皆摘自前人经典,不仅凸显了联语的典雅,而且以虚词入联,使节奏富于变化,韵律更为优美。

简注

[涧泉无操琴] 与下联前半句均出自宋代真山民《山间次季芳韵》:"风竹有声画,石泉无操琴。"乾隆看来很喜欢这一诗句,在其《韵松轩·其一》诗中也有模仿:"静是有声画,动为无操琴。"

[泠然善也] 形容轻盈美好的样子。出自《庄子·逍遥游》:"夫列子御风而行,泠然善也。"

[顾而乐之] 出自苏轼《后赤壁赋》:"顾而乐之,行歌相答。"顾,四望,瞻望。

因溯委以会心,是处原泉来活水;
即登高而游目,当前奥窔对玲峰。
——乾隆题文源阁联

题解

文源阁位于圆明园内西北部,文源阁上下各六楹,乾隆三十九年(1774)建造,清代皇家藏书楼之一,藏有《古今图书集成》与《四库全书》。阁上悬乾隆帝御书匾额"汲古观澜"。汲古指钻研古籍、古物,如从井中汲水。观澜出自《孟子·尽心上》:"观水有术,必观其澜。"意为观水必观其波澜壮阔,此指读书必品鉴其经典。

乾隆御制《文源阁记》云:"经者文之源也,史者文之流也,子者文之支也,集者文之派也。派也,支也,流也,皆自源而分;集也,子也,史也,皆自经而出。故吾于贮四库之书首重者经,而以水喻文,愿溯其源。"

文源阁所藏是古代经典之精华,由之溯源探微,领悟万事万物之原委,如觅源头活水。登高远望,游目骋怀,无论是幽深奥窔还是玲珑山峰,均能尽收眼底。

简注

[溯委] 探求事物的原委、本源。

[是处原泉来活水] 用朱熹"为有源头活水来"诗意。

[奥窔(yào)] 室内西南隅谓之奥,东南隅谓之窔。指深奥的境界或幽深的地方。

[玲峰] 指文源阁前水池中的玲峰假山石。乾隆在御制《玲峰歌》中赞其"体大器博复玲珑,八十一穴过犹远"。

贞石丽延廊,略存古意;
淳风扇寰宇,冀遂初心。
——佚名,圆明园淳化轩联

题解

淳化三年（992），宋太宗命翰林侍书王著编次内府所藏历代墨迹，摹勒上石，名《淳化阁帖》，这是我国最早的一部汇集各家书法墨迹的法帖。乾隆在圆明园建造淳化轩的缘由，御制《淳化轩记》说得很清楚："淳化轩何为而作也？以藏重刻《淳化阁帖》石而作也。"淳化轩有题额曰"奉三无私"，出自《礼记·孔子闲居》。

上联写在淳化轩东西长廊庑壁间嵌刻御定《淳化阁帖》，稍存当年宋太宗汇刻历代墨迹的遗意；下联写应取法上古淳厚之风教化天下，希望能合乎尚法先王的初心本意。

简注

[贞石] 坚石，碑石的美称。如唐人杨巨源《上刘侍中》诗："功垂贞石远。"

[丽] 附着，依附。

[寰宇] 宇内，天下。

尧舜生，汤武净，五霸七雄丑末耳，伊尹太公，便算一只耍手，其余拜将封侯，不过摇旗呐喊称奴婢；

四书白，六经引，诸子百家杂说也，杜甫李白，会唱几句乱弹，此外咬文嚼字，大都缘街乞食闹莲花。

——佚名，圆明园戏台联

题解

这座戏台为道光年间所建，供皇族在园中看戏用。圆明园被焚后，戏台也不复存在。

此联流传很广，但作者已不可考。梁章钜（1775—1849）的《楹联丛话》在评价此联时说："似此大识力，大议论，断非凡手所能为。"的确，作者见识既高，感慨又深，所以在貌似玩世不恭之中寓有寄托。他借助戏剧的形式特点，选取社会、历史、文艺等方面最为典型的事例予以评说，三皇五帝、君王霸主、名相贤臣、诗仙诗圣、艺人奴婢，乃至四书、六经、诸子百家，各自以不同的角色或不同的方式，展现在观众面前。联语气魄宏大，语言精炼，对历史人物、传统文艺等有自己的深刻理解，并能体现出一种诙谐幽默的情趣，立意高远，意味悠长，令人读后不胜感慨。

简注

[生、净、丑、末] 戏曲中的角色行当。生，男主角。净，花脸。丑，丑角。末，男配角。

[尧、舜、汤、武] 上古圣王。指唐尧、虞舜、商汤、周武王。

[五霸] 指春秋时期称霸的五位诸侯之长，一般认为是齐桓公、晋文公、楚庄王、秦穆公、宋襄公。

[七雄] 指战国时期的秦、齐、楚、燕、赵、韩、魏七国。

[伊尹] 商汤时宰相，曾辅佐汤灭夏桀。

[太公] 姜子牙，曾辅佐武王灭纣。

[耍手] 指玩弄戏法的能手。

[四书] 指《大学》《中庸》《论语》《孟子》。

[白] 戏曲中的说白、念白。

[引] 乐曲体裁之一,此处代指戏曲中的唱词。

[诸子百家] 先秦至汉初儒、道、阴阳、法、名、墨等各家学派的总称。

[乱弹] 清代中期以后,泛称昆腔以外的各个剧种为"乱弹",又称"花部",昆腔则被称为"雅部"。

[闹莲花] 又叫"莲花闹""莲花落",是古代的一种说唱艺术形式。

颐和园排云门联

颐和园澹会轩联

西岭烟霞生袖底；
东洲云海落樽前。
——佚名，颐和园涵远堂联

题解

颐和园在北京市海淀区,全园由昆明湖、万寿山和各种宫殿等建筑组成,借西山为外景,兼有人工与自然之美,合南北园林建筑艺术于一体,集天下园林之大成。涵远堂,颐和园谐趣园的正殿,嘉庆时期是重要的议政场所。

此联紧扣堂名"涵远"二字来写,远望西山诸峰,烟岚云霞好像从袖底升起,东海瀛洲的茫茫云雾好像落到了酒杯之前。上联实写西山云霞,笔法夸张;下联虚写东洲云海,想象奇特。艺术上独具匠心,也体现出撰联者阔大的胸怀与非凡的气度。从用字来说,"生""落"二字尤其见出功力。

简注

[西岭] 即西山。一说指谐趣园西的万寿山。

[东洲] 指东海瀛洲。一说指谐趣园西南的昆明湖。

[樽] 酒杯。

芝砌春光，兰池夏气；
菊含秋馥，桂映冬荣。
　　——佚名，颐和园澄爽斋联

题解

颐和园谐趣园荷池西岸澄爽斋,前身是"惠山园八景"之一——澹碧斋,嘉庆时改建,改名"澄爽斋"。其正面有一个临水露台,是一处观景的好地方。

本联是自对联,因为上联"砌"与"池"是名词,下联对应的"含"与"映"是动词,上下联间并不对仗;但上联"芝砌春光"与"兰池夏气"两句自行对仗,下联"菊含秋馥"与"桂映冬荣"也自行对仗,而且都对得极工巧,芝兰雅洁,菊桂飘香,澄爽怡人。

简注

[芝砌] 散发芝草芳香的台阶。砌,台阶。唐代温庭筠《上学士舍人启二首》中便有"芝砌流芳,兰扃袭馥"之句。

[馥] 气味芬芳浓郁。

山水协清音,龙会八风,凤调九奏;
宫商谐法曲,象德流韵,燕乐养和。
——慈禧题德和园大戏楼联

题解

德和园是颐和园内专为慈禧看戏修建的建筑,由大戏楼、扮戏楼、颐乐殿、看戏廊等建筑组成,是仿紫禁城畅音阁规制建造的。"德和"一词出自《左传·昭公二十年》:"君子听之以平其心,心平德和。"意为君子听了美好的音乐,就会心平气和,从而涵养心性,达到仁德境界。

上联与紫禁城畅音阁对联一脉相承,写山水清音,音调协畅;下联紧扣"德""和"二字来阐述音乐可使人心平和、德性涵养、天下大治的道理。此联形式上很有特点,上联"龙会八风"与"凤调九奏",下联"象德流韵"与"燕乐养和",分别为当句自对。

简注

[八风] 指八音。出自《左传·襄公二十九年》:"五声和,八风平。"

[九奏] 出自《尚书·益稷》:"箫韶九成,凤皇来仪。"九成即九奏,指古代行礼演奏九段乐曲。

[法曲] 本是隋唐宫廷燕乐中的一种重要形式,又称清雅大曲。这里指宫廷中演奏的优美绝伦的音乐。

[象德] 百姓效仿君主的美好德行。出自《礼记·乐记》:"然则先王之为乐也,以法治也,善则行象德矣。"郑玄注曰:"象德,民之行顺君之德也。"

螺黛一丸，银盆浮碧岫；
鳞纹千叠，璧月漾金波。
——佚名，颐和园绣漪桥联

题解

绣漪桥位于颐和园东堤南部。桥东西本来各设牌楼,题额分别是:"春敷""秋澹""青浮""绿净"。

此联写景绘形,对仗工整,平仄和谐,写得典雅清丽,形象地描绘出绣漪桥附近旖旎迷人的景致,意境清新淡远。

上联写日景,在绣漪桥上远望,湖中岛屿像螺黛镶嵌在湖面上,远处碧绿苍翠的万寿山好像漂浮在碧波之上;下联写月色,一轮明月如玉璧倒映水中,月光之下的千顷湖面水纹如鳞,金波荡漾。

简注

[螺黛] 一种青黑色矿物颜料,《隋遗录》记载其形如丸似螺,其佳者每颗值十金。古人常用以画眉,所以也作为蛾眉的代称,这里喻指高耸盘旋的青山。唐寅《登法华寺山顶》诗:"昔登铜井望法华,褷䯾螺黛浮蒹葭。"

[银盆] 银制的盆,形容圆月。这里指桥拱及其倒影如圆月。

[璧月] 像玉璧一样圆的月亮。南朝沈炯《太极殿铭》:"璧月宵悬,卿云昼聚。"

虹卧石梁，岸引长风吹不断；
波回兰桨，影翻明月照还空。
——佚名，颐和园十七孔桥联

题解

十七孔桥在颐和园昆明湖上,飞跨于东堤和南湖岛之间,南北题额分别是"修蝀凌波""灵鼍偃月"。桥两头石柱上分别镌刻楹联。南侧两柱有联"烟景学潇湘,细雨轻航暮屿;晴光缅明圣,软风新柳春堤",北侧两柱即本联。

上联写石桥如长虹卧波,引来徐徐不断的长风,是远观所见,所以从大处勾勒,写景疏朗阔大;下联写泛舟桥下,兰桨卷起水波,天空明月高悬,倒映水中,是近景描摹,所以用语细腻,造境精致空灵。上下联互相对比映衬,写出了颐和园清丽闲远的景色。此联用语典雅,动词锤炼尤其巧妙,使全联有灵动之感。上联说"吹不断",下联说"照还空",使韵律上也颇有回环曲折之妙。

简注

[虹卧] 指石桥如同长虹卧波。

[兰桨] 用木兰制作的船桨。苏轼《前赤壁赋》:"桂棹兮兰桨,击空明兮溯流光。"

碧通一径晴烟润；

翠涌千峰宿雨收。

——佚名，颐和园涵虚堂联

题解

涵虚堂，为颐和园南湖岛上的主要建筑。颐和园胜景很多，此联撰者匠心独运，抓住雨后初晴的瞬间景色来描绘颐和园之美，用字妥帖传神，于平凡中见独特。

上联"碧通一径"写出了经雨之后景色的清新碧绿，以及绿丛中小径的幽深静远，"晴烟润"三字则很好地把雨后朝雾潮湿弥漫的状态描摹出来，营造出一种氤氲朦胧的意境；下联以"翠涌千峰"写远望群山之苍翠，"涌"字极有气势，令人有扑面而来、意想不到之感，正与"千峰"相谐。"宿雨收"本是点明雨后初晴，但"收"字用得气魄很大，干净利落，与上联的"润"字所造成的朦胧氤氲正形成一种对比。写景联非常讲究炼字，此联中"通""润""涌""收"都是很典型的例子。联语化用宋代施枢《留滞》诗句："碧涵一镜晴天阔，翠涌千峰宿雨收。"

简注

［碧通一径］指绿丛中的小径。

［宿雨］昨夜的雨。

何处五云多，大罗天上；
飞来三峤秀，太液池边。
　　——乾隆题团城承光殿联

题解

北海在故宫西北,东靠景山,南临中南海,北接什刹海,是中国现存历史上建园最早、保存最完整、文化沉积最深厚的古典皇家园林。北海的形成最早可追溯到辽代的"金海",后经历元、明的扩建,成为名副其实的皇宫后花园。清时,八国联军侵入北京后遭到破坏。辛亥革命后辟为公园,1925年正式对外开放,定名为"北海公园"。

团城位于北海公园南门西侧,辽时原是太液池中的一个小岛,金时为御苑中的一部分。据记载,元世祖忽必烈以北海为中心建造大都城时,创建了仪天殿,在岛的四周建起石城,定名为"团城"。该殿曾多次改名,最后定为"承光殿"。清末慈禧太后在此供奉白玉释迦牟尼像,此处成为佛堂。

这副楹联,上联写五色瑞云飘舞飞扬在高高的天上,下联写太液池边飞来的三座仙山景色秀丽。于颇为神秘的自然景观描绘中,营造出皇家园林超凡脱俗、俊秀非凡的宏阔气象。

简注

[五云] 五色瑞云,多作吉祥的征兆。

[大罗天] 道教术语。指三清之上最高最广之天,居于天界最高处。也指三清天之统称,三清尊神所统的最高天界。此处谓天高。

[三峤(qiáo)] 此处指蓬莱、方丈、瀛洲三座仙山。峤,尖

峭的高山，引申指山岭。李白《送贺监归四明应制》："瑶台含雾星辰满，仙峤浮空岛屿微。"

［太液池］又称"泰液池"，是西汉建章宫西北的一座皇家池苑。此处指北海。

北海濠濮间石牌楼，两面各有联额。南面联"日永亭台爽且静；雨余花木秀而鲜"，横额"山色波光相罨画"。北面联"蘅皋蔚雨生机满；松嶂横云画意迎"，横额"汀兰岸芷吐芳馨"

玉宇琼楼天上下；

方壶员峤水中央。

——赵翼题金鳌玉𬟽桥联

作者简介

赵翼（1727—1814），字云崧，一字耘崧，号瓯北，阳湖（今江苏常州）人。清中期史学家、诗人。乾隆二十六年（1761）进士，官至贵西兵备道。著有《廿二史札记》《瓯北集》《陔余丛考》等。

题解

金鳌玉𬭤桥，横跨中海和北海水面，为九孔桥。据清代赵翼《檐曝杂记》："金鳌玉𬭤桥新修成，桥柱须镌联句。余拟云：'玉宇琼楼天尺五，方壶员峤水中央。'自以为写此处光景甚切合。公（汪由敦）改'尺五'作'上下'二字，乃益觉生动。"汪由敦（1692—1758），字师茗，号谨堂，谥号文端，精诗文，擅书法，有《松泉集》传世。

从写法来看，此联以仙境中的华美建筑来比喻金鳌玉𬭤桥及附近宫殿的瑰丽精美，以海上仙山来比喻太液池中的岛屿，并不算太出奇的意象。但经汪由敦修改，"天上下"三字画龙点睛，意境之阔大已然不同，远望水面，飘渺神奇之感也油然而生，这样所谓的玉宇琼楼、海上仙山才真正构成一幅神仙画卷。

简注

[玉宇琼楼] 出自苏轼《水调歌头》词："我欲乘风归去，又恐琼楼玉宇，高处不胜寒。"本指天上神仙所居的华美建筑，此处指金鳌玉𬭤桥及附近宫殿。

[方壶员峤] 本指海上的两座仙山，此处指太液池中的岛屿。

塔影迥悬霄汉上；
佛光常现水云间。
　　——乾隆题北海智珠殿联

题解

北海琼岛白塔山东麓山脚下，有智珠殿，在"半月城"台上，原供奉文殊菩萨。四面有五个牌楼相对，中轴对称，布局奇特。此地视野开阔，可看到景山万春亭。

此联一实写、一虚写，一远观、一近看，从智珠殿远望白塔，高入霄汉，眼前水云相接，境界空幻。佛光塔影美不胜收，这是北海胜景的经典影像。

简注

[塔] 指北海白塔，又称永安寺白塔，始建于清顺治八年（1651），是一座藏式喇嘛塔。

[霄汉] 天河，借指天空。

灵鹫风香传妙偈；
澄潭月皎印真如。
——佚名，北海法轮殿联

题解

由北海南门进入,穿过永安桥,迎面是永安寺,前面的大殿是法轮殿。殿内供有释迦佛,乾隆为该殿题额"慈云觉海""人天调御"。

此联以灵鹫山的香风"传妙偈"和澄潭的月光"印真如",营造出领悟佛法真谛的氛围,哲理富蕴,意境深邃。

简注

[灵鹫] 简称灵山或鹫峰,在古印度摩揭陀国王舍城之东北,梵名耆阇崛。山中多鹫,故名。或云山形像鹫头而得名。如来曾在此讲《法华经》等,故佛教以为圣地。

[偈(jì)] 梵语音译词"偈陀"的简称,佛经中的唱词。此处泛指佛经。

[皎] 明亮。

[印] 留下痕迹。

[真如] 佛教术语。真如,又称法身。佛教指永恒常在的实体,实性。宇宙全体即是一心,不生不灭,故名为真。此真心,无异无相,故名为如。

眄林木清幽，会心不远；
对禽鱼翔泳，乐意相关。
　　——佚名，濠濮间临水轩联

题解

北海以神话中的"一池三仙山"(太液池、蓬莱、方丈、瀛洲)构思布局,富有浓厚的幻想色彩。濠濮间位于北海东岸,其中有九曲石桥,临水环山。濠、濮本为两条水名,濠水在安徽,濮水在河南。传说庄子曾钓鱼于濮水,拒绝楚王之聘,又相传庄子与惠施曾游于濠梁之上,二人围绕是否知鱼之乐相互辩难,此后多用来指高士乐境。《世说新语·言语》记载:"简文入华林园,顾谓左右曰:'会心处不必在远。翳然林水,便自有濠濮间想也。觉鸟兽禽鱼,自来亲人。'""濠濮间"取名即本于此。

上联写欣赏清幽的林间景色,对这种世外乐境心领神会;下联写面对着自由飞翔的鸟和自在游泳的鱼,有与其相同的欢畅心情。此联紧扣濠濮间的景色特点来写,表达出一种亲近自然、悠然自得的情怀,令人有清远澄澈、浑然忘机之体验,境界极高,意趣不凡。

简注

[眄] 斜视,目光流动着看。

[相关] 彼此关联,互相牵涉。宋石曼卿诗云:"乐意相关禽对语,生香不断树交花。"

于澹泊中寻理趣；
不空色际忘言诠。
——佚名，画舫斋联

题解

画舫斋，又称画舫殿，位于北海东岸，东靠浴蚕河，南接濠濮间，北邻先蚕坛，四面环山，院墙随山就势，连绵起伏，宛如波浪。画舫斋形似停泊在水边的一条大船，实是掩映在山林中的一处独立院落。北为正殿画舫斋，坐北朝南，前殿为春雨林塘，前轩轩内为清代帝后看戏场所。院中一池碧水，四面辉煌的景致高低错落有致，远近相间不同，雕梁画栋倒映在水中，影影绰绰随波而动。整个画舫斋朱廊环绕，结构精巧，环境别致。乾隆二十四年（1759），有御笔亲题《画舫斋》诗："画舫乘来画舫斋，是同是异费安排。虚舟若悟南华旨，所遇欣之总大佳。"

此联意为：在澹泊景色中体悟自然的道理和乐趣，进入了不受色空观念约束、无法用言辞表达的境界。

简注

［澹泊］恬静。

［理趣］自然的道理和乐趣。

［不空色际］不受色空观念约束。佛教指超乎色相现实的境界为"空"，把有形质使人感触到的东西称为"色"。

［言诠］指用言辞表达。

烟景入疏帘,图书带润;
波光萦曲岸,水木余清。
——佚名,春雨林塘殿联

题解

从画舫斋门进入的第一进院落就是春雨林塘殿,前殿后厦式建筑,其殿额为"动静交养"。南面悬挂"春雨林塘",北面悬挂"空水澄鲜",均为乾隆御笔,两方匾额尽显画舫斋春天时节细雨蒙蒙、池水清澈明净的美感。

这副楹联,上联写烟景疏帘朦胧轻柔,下联写波光粼动、水木清萦,借景抒情,意境深远。联语以细腻的笔触,将"春雨林塘"的美景描绘得鲜活生动、充满生机。

简注

[烟景] 春天的景色。春天气候温润,景色水雾氤氲。唐代李白《春夜宴从弟桃李园序》:"况阳春召我以烟景,大块假我以文章。"

[疏帘] 稀疏的帘帷。宋代张耒《夏日三首·其一》:"落落疏帘邀月影,嘈嘈虚枕纳溪声。"

[润] 滋润。

[萦(yíng)] 萦绕。

有怀虚以静；
无俗窈而深。
——佚名，小玲珑室内联

题解

画舫斋东西各有一处精巧别致的院落,东为古柯庭,西为小玲珑。画舫斋东侧的古柯庭优雅静谧,假山林立,古树参天,精巧别致。西北角的小玲珑室是一个建在水上的小院落,其室额曰"真趣"。小玲珑院内有小水池,弯曲的九廊桥使得玲珑小院与大殿相连,布局极为精巧。

这副楹联,上联写有识之人常虚怀若谷以求静,下联写不俗之士乐隐幽谷而藏深,表达了对寻求内心平静、远离世俗纷扰的向往。

简注

[怀] 胸前,怀里;又指怀藏、怀抱。

[以] 而。

[窈] 深远。

诗句全从画里得；

云山常在镜中留。

——佚名，得性轩联

题解

此联意为景色如画,充满诗意,云山杳渺,倒映水中。得性轩地势褊窄,且不临水,前对假山,所谓"云山常在镜中留",当指画舫斋而言。

据《国朝宫史》卷十六《宫殿六》,此联原在画舫斋东室,不知何时移至得性轩。又据此节,前篇所云画舫斋联"于澹泊中寻理趣;不空色际忘言诠",当时亦不在室外,而在室内。

简注

[画] 指此处的如画美景。

[云山] 云雾缭绕的高山。

视履六宫基化本；
授衣万国佐皇猷。
——乾隆题先蚕坛亲蚕殿联

题解

位于北京北海公园的东北隅,掩映于绿树之中碧瓦红墙大院的先蚕坛,是北京九坛之一,是现存较完整的一处皇室祭祀"蚕神"的地方。先蚕坛原为明代"雷霆洪应殿"旧址。清乾隆七年(1742),改建"先蚕坛",集历代先蚕坛之大成,规模宏伟,功能完备,建筑精美,标志着北京九坛格局的最终完成,是清代礼制趋于成熟与完整的重要表现。先蚕礼作为由皇后主持的最高国家祀典,其建立与完善也是清朝完善内廷管理礼法的重要举措。亲蚕大典自古就与亲耕之礼并重,所谓"天子亲耕以供粢盛,王后亲蚕以供祭服"。清朝时,每年农历三月某个吉日,由皇后本人或派人来此祭祀蚕神西陵氏、行亲桑之礼。亲蚕殿是先蚕坛的主体建筑,乾隆题殿额曰"葛覃遗意"。殿后为浴蚕池,池北为后殿。

这副楹联,突出先蚕礼由后妃主持祭祀蚕神的主题,上联写后妃亲祭蚕神,是教化之本、大业之始;下联写天下衣食足才能辅助朝廷实现大计。联语蕴含浓厚的政治寓意,突显出古代皇帝对于国家治理和皇权行使的理想化想象。

简注

[视履] 此处指观察、考察。视,看。履,踩、踏。

[六宫] 《周礼·天官·内宰》中有"以阴礼教六宫"的记载。郑玄解释,皇后寝宫有六,其中一正寝,五燕寝,合起来即六宫。六宫,古代通常指皇后的寝宫,又以六宫称后妃所居之处。同时,

六宫还泛指后妃。白居易《长恨歌》:"回眸一笑百媚生,六宫粉黛无颜色。"

[基化本] 为教化之本奠定基础。化本,教化之本。文徵明《明故湖广右参议致仕进阶中顺大夫东阳卢公煦墓碑》:"兴学教民,导以化本,而纳之仁轨。"

[授衣] 谓制备寒衣。古代以九月为授衣之时。一说谓官家分发冬衣。《诗经·豳风·七月》:"七月流火,九月授衣。"

[万国] 万邦。此处指天下各地。

[皇猷] 皇帝的治国蓝图。

北海镜清斋联

照槛净无尘，风来水面；
开帘光有象，月印波心。
——佚名，北海镜清斋联

题解

镜清斋在北海北岸，建于乾隆二十二年（1757），是乾隆皇帝游乐、读书的地方。以叠石为主景，周围配以各种建筑，亭榭楼阁，小桥流水，叠石岩洞，幽雅宁静，作为皇家园林艺术的精华，素有"园中之园"的称号。后来成为皇太子读书之所，也是皇后去北海"大西天"（即西天梵境）拈香拜佛时的行宫。1913年改称"静心斋"。

上联描绘一种清澈明亮、纯净无瑕，又微风轻拂、水波微漾的动静交融、生机灵动的画面，隐喻着对心灵澄明的追求；下联烘托一种月辉清洒、波影斑驳，又月印波心、飘忽闪烁的唯美静谧、远离尘嚣的氛围，彰显着对除却障蔽的向往。此联以象征手法表达细腻的情感，深刻的寓意。

简注

［槛（jiàn）］栏杆。

［象］形状，形象。此指月光的倒影，即下文之"月印波心"。

赏心乐事无伦比；
妙色真声兼占之。
——佚名，北海韵琴斋联

题解

静心斋东部有一座相对独立的小院，主要由抱素书屋和韵琴斋两座建筑组成。院中有一水池，池北是抱素书屋，沿抱素书屋东廊而下就是韵琴斋。"韵琴"既指琴声，也指院中泉落之声似琴声，琴声和谐，象征四时有序，政治昌明。乾隆三十三年（1768）作《韵琴斋》诗："石是琴之桐，泉是琴之丝。泉石相遇间，琴鸣自所宜。非关七条缅，不藉五指挥。大弦与小弦，间作相熙怡。移情在无始，高谢成连师。"

这副楹联，上联写赏心乐事无与伦比，下联写妙色真声二美兼具。联语紧扣"韵琴"主旨，既营造出琴韵美妙、意象深远的意境，又表达出对美好事物的极致追求和欣赏。

简注

[赏心乐事] 欢畅的心情，快乐的事情。南朝宋谢灵运《拟魏太子邺中集诗八首序》："天下良辰、美景、赏心、乐事，四者难并。"明汤显祖《牡丹亭》："原来姹紫嫣红开遍，似这般都付与断井颓垣。良辰美景奈何天，赏心乐事谁家院？"

[无伦比] 无与为比，无与伦比，没有可以与之相比的。

[妙色] 庄严或美丽的色彩。南朝梁简文帝萧纲《菩提树颂》："俨然妙色，荫此曲枝，显若金山，尊如聚月。"

[真声] 谓仙音。

无住荫慈云，葱岭祇林开法界；
真常扬慧日，鹫峰鹿苑在当前。
——乾隆题西天梵境大慈真如殿联

题解

西天梵境，又名大西天，坐落于北海公园北岸，东临静心斋，西与大圆镜智宝殿相依，南与琼华岛隔海贯成一线。明代时为大西天经厂，又为西天禅林喇嘛庙，是翻译和印刷大藏经的处所。乾隆二十四年（1759）扩建后，改名西天梵境。山门为三座歇山黑琉璃黄剪边顶仿木结构券门，门之间有琉璃墙，中间门额为"西天梵境"。山门后为天王殿五间，歇山调大脊，绿琉璃瓦黄剪边顶。

天王殿后为大慈真如殿，建于明万历年间。殿为重檐庑殿顶五间，屋顶是黑琉璃瓦黄剪边，全部为金丝楠木建成，俗称"楠木殿"。前出月台，殿内有额云"恒河演乘"。

此联主要阐释佛法哲理。上联写佛以慈云庇护世界，在名山圣地大开法界；下联写法如阳光普照人间，就在当前的大慈真如宝殿。联语通过佛教的宗教意象，表达了追求智慧增长，以达到超越世俗的境界的美好愿望。

简注

[无住] 佛教语。实相之异名。佛教称"无住"为万有之本。

[慈云] 佛教语。佛以慈悲为怀，如同大云覆盖世界众生，故称慈云。

[葱岭] 古代对今帕米尔高原及昆仑山、喀喇昆仑山西部诸山的统称，是古代东方和西方陆路交通的要道。在此泛指远山。

[祇（qí）林] 祇洹精舍，也作祇园精舍，为祇陀园林须达精舍的省称，印度佛教圣地之一。后泛称寺院。

[法界] 佛教语。法，泛指宇宙万有一切事物，包括世间法、出世间法。界，指分门别类的不同事物各守其不同的界限。诸法都有差别，各有分界，名为法界。

[真常] 佛教语。指如来的教义，即法，真实常在。也指代真如本性，与"无常"相对。

[慧日] 佛教语。意为以日月之光比喻佛之智慧普照众生，能破无明生死痴暗。与"慧光""慧照"等同义。《法华经》卷七普门品："无垢清净光，慧日破诸暗，能伏灾风火，普明照世间。"

[鹿苑] 也叫鹿野苑，今属印度国北方邦瓦拉纳西。佛陀在此初转法轮并成立僧伽团体，是佛教四大圣地之一。

西天梵境大慈真如殿聯

妙华普观无穷境；
慧日常悬自在天。
——乾隆题阐福寺天王殿联

题解

阐福寺，在北海北岸，五龙亭之北，被称为"京城第一福地"。乾隆七年（1742），先蚕坛在北海东岸北侧建成，原太素殿便成了先蚕坛的附属建筑——茧馆，每年在这里举行一次"受茧礼"。后来皇太后以"茧馆盛仪，宜致蠲祭"，命改建佛寺。乾隆十一年（1746），阐福寺始建，成为清代皇室进行佛事活动的重要场所之一。乾隆皇帝对该寺名的解释为"上为慈圣（即崇庆太后）祝釐（祈求福佑），下为海宇苍生祈佑"。乾隆十七年（1752）开始，每年农历腊月初一，乾隆皇帝都会到阐福寺拈香礼佛，之后会在此处书写"福"字。

此联重在阐释佛教哲理，传达出一种对超脱世俗约束、理解世界本质、洞察世间万物、抵达智慧境界的追求。

简注

［妙华］ 神妙绚丽之天花。《无量寿经上》曰："天雨妙华。"

［自在天］ 即湿婆神，佛教护法神之一，居住在净居天，为色界之顶点，能够自在变化，故称。

真谛别传,趋妙庄严路;
能仁权应,现常清净身。
——乾隆题阐福寺大佛殿联

题解

阐福寺大佛殿在天王殿后面,其规制仿正定隆兴寺,重宇三层,"明二暗一"。顶层为重檐歇山顶,瓦顶皆为黄琉璃瓦绿剪边。顶层悬有乾隆书额"大雄宝殿",中层额为"极乐世界",下层额为"福田花雨"。

此联表达了对探索佛家真谛、净化心灵、提升自我的向往,从而实现对内心平静清明的境界的追求。

简注

[真谛] 原为佛教用语,与俗谛合称为"二谛",亦泛指最真实的意义或道理。

[妙庄严] 一种注重内在体验的修行方式,是指通过静心思考、反省自己的心灵,以达到心境清净、内在净化、境界圆满的效果。妙庄严有着悠久的历史,起源于古印度佛教,后传至中国,成为中国禅宗的一种重要修行方式。

[能仁] 释迦牟尼的梵语意译,也译为能寂、能满。意为有能力与仁义的智者。

[权应] 权宜变通。

[清净身] 佛教中指的是佛身清净、无诸染垢的状态。《法华经》云:"清净光明身。"

青未了时山障合；
白初生处月窗虚。
——乾隆题澄观堂联

题解

北海快雪堂（今为快雪堂书法石刻博物馆），是一座三进院落，从前到后分别为澄观堂、浴兰轩、快雪堂。澄观堂与浴兰轩均建于清乾隆十一年（1746），是帝后到北海阐福寺拈香时沐浴、更衣、用膳、休息的地方。乾隆有《澄观堂》诗："五龙亭久液池堧，阐福重修种福田。大抵旧闻增日下，何妨新额揭檐前。春风秋月随时会，后乐先忧与物甄。澄到无澄观始得，心期拟似水同然。"

此联与乾隆描写澄观堂"澄到无澄观始得，心期拟似水同然"诗句的意境十分契合，联语表现出了山色的苍茫，月光的朦胧，视线仿佛延伸到无穷的远处，柔和神秘，静谧深邃。

简注

[青未了] 暗引杜甫《望岳》诗句"岱宗夫如何，齐鲁青未了"。原指黛绿的山色无边无际，此处指天将黑之时，与下文"白初生"相对。

[山障合] 屏障似的山峦与天合而为一。

[白初生处] 此处指天将亮之时，与上文"青未了"相对。

[月窗虚] 月照空窗。

写影水中央,万川同印;
澄辉天尺五,一镜常悬。
——佚名,南海宝月楼南室联

题解

中海与南海原属明清之西苑，位于中山公园西侧，始建于辽金时期。清代此处是决定国策、帝后游宴的地方。辛亥革命后，袁世凯、黎元洪、曹锟的总统府，张作霖的大元帅府及北洋军阀政府的国务院、摄政内阁先后设于此。

宝月楼在南海南岸，楼上悬有乾隆御额"仰视俯察"。宝月楼由乾隆皇帝下旨兴建，相传是乾隆为其宠爱的香妃而建，使其能登楼远望，如归故里，以慰乡愁。民国初年，改宝月楼为新华门，成为通往中南海的正门。

这副楹联未出现一个"月"字，但上下联紧扣"宝月楼"的"月"的主题来抒写。联语运用双关手法，兼具表里两层意思，表层写月影倒映水中央，月印万川，月光澄澈，既壮观辽阔，又宁静深邃；内里却有万物一理、理在万物之意。

简注

[写影] 即泻影，倒影。

[万川同印] 万千川流映照同一月影。寓意佛法无所不在。

[天尺五] 谓离天甚近，极言其高，也极言与宫廷相近。这里以夸张手法来写宝月楼之高，离天很近。"城南韦杜，去天尺五"语，首见杜甫《赠韦七赞善》"时论同归尺五天"句自注："俚语曰：'城南韦杜，去天尺五。'"唐时韦曲、杜曲皆为贵族豪门聚居地。后遂以"天尺五"极言与宫廷相近。

会心多野趣；
契理谢言诠。
——乾隆题南海静柯室联

题解

静柯室在南海东北。

此联重在说理，在于阐释"自然之趣妙会于心，契合道理则不落言诠"这一理想境界的意义所在。由心领神会、合乎事理而产生的高度默契，可以超越言语产生共鸣。

简注

[野趣] 山野的情趣。南朝宋谢惠连《泛南湖至石帆》诗："萧疏野趣生，透迤白云起。"宋代周密《癸辛杂识前集·吴兴园圃》："倪氏玉湖园，倪文节别墅，在岘山之傍，取浮玉山、碧浪湖合而为名，中有藏书楼，极有野趣。"

[契理] 契，投合。理，道理、义理。

[谢] 拒绝，引申为不用。

境静趣无穷，鱼跃鸢飞同活泼；
水流机不息，瀑淙雪净总鲜新。
——乾隆题淑清院日知阁联

题解

淑清院位于南海东北角，系乾隆时修建的小型园林，园内有流杯亭、云绘楼、清音阁、日知阁等建筑。

上联着眼于"趣无穷"，以"鱼跃鸢飞"来绘其"活泼"，写万物之动，各得其所；下联着眼于"机不息"，以"瀑淙雪净"来表现其"鲜新"，体现万物的生生不息。

"鱼跃鸢飞"与"瀑淙雪净"相对仗，词组内部又自对，极为工巧。

简注

[鱼跃鸢飞] 出自《诗经·大雅·旱麓》："鸢飞戾天，鱼跃于渊。"孔颖达疏："毛以为大王、王季德教明察，著于上下。其上则鸢鸟得飞至于天以游翔，其下则鱼皆跳跃于渊中而喜乐。"后衍为俗语，喻指万物各得其所，人如其愿。乾隆题鉴古堂香远室楹联："鸢飞鱼跃天机锦；秋月春风大块章。"

昼永琐窗闲,竹边棋墅;
日迟帘幕静,花外琴声。
——佚名,瀛台涵元殿联

题解

瀛台，明时称"南台"，清顺治帝改为现名，顺治、康熙年间在岛上修筑大量殿宇。涵元殿是瀛台的正殿。乾隆诗《题涵元殿》："涵元义寓涵元气，元气之涵岂易言。必也已私净以去，乃能天理静而存。"戊戌变法失败后，光绪皇帝曾被幽禁于此。

这是一副集句联，联中语均出自宋代周密词，略改一字而已。上联竹林棋馆，映写殿中之"闲"；下联花丛琴声，衬出殿中之"静"。

简注

[昼永琐窗闲] 出自周密《朝中措·东山棋墅》："桐阴薇影小阑干，昼永琐窗闲。"

[竹边棋墅、花外琴声] 皆出自周密《少年游·赋泾云轩》："花外琴台，竹边棋墅，处处是闲情。"

[日迟帘幕静] 出自周密《谒金门·花不定》："几点露香蜂赶趁，日迟帘幕静。"

图画参生动；

诗书阅古芳。

——佚名，瀛台香扆殿联

题解

"香扆"本是屏风的美称，这里寓示香扆殿像南海瀛台的一座屏风。香扆殿原名蓬莱阁，在瀛台最南端，与宝月楼隔水相望。该殿造型独特，从北面看为单层，从南面看则为两层。乾隆《新正香扆殿》诗："香扆胜朝殿，趯台一并留。北由本平地，南俯却层楼。翰墨因心静，景光随意投。回思读书此，六十阅春秋。"

此联写香扆殿如画美景让人领会生物意态何以动人，殿中涵泳诗书，诗书汇集了古人的美德。

简注

［参］探究并领会。

［阅］总聚，汇集。陆机《叹逝赋》："川阅水以成川，水滔滔而日度。世阅人而为世，人冉冉而行暮。"

［芳］美德、美誉。

瑞飐珠躔,琼宫辉紫气;
祥凝玉陛,璇极拱丹枢。
——佚名,中海景福门联

题解

景福门为中海怀仁堂的正门。此联意为：日月星辰有序协调运行，华美的宫殿辉映着祥瑞之气；祥瑞环绕殿宇，拱卫着天子居所。

简注

［勰（xié）］协调。

［珠躔（chán）］天上运行的明珠一般的日月星辰。

［璇极］指整个宇宙。一作旋极或璇玑。

［枢］北斗七星中的第一星称为"天枢"。丹枢，指天子所居之地。

是玉宇琼楼，云阶月地；
有白麟奇木，宝鼎芝房。
——佚名，中海延庆楼联

题解

延庆楼是中海居仁堂后侧一幢西洋风格建筑。1923年曹锟任大总统,曾经居住在这个地方。

此联意为:远望延庆楼如同美轮美奂的天上楼阁,彩云为阶,霜华铺地;又有白麟、奇木这样的祥瑞和《宝鼎》《芝房》这样华美的音乐,真是人间仙境。

简注

[白麟] 古代传说中的瑞兽,白色麒麟出现被视作吉祥征兆。《汉书》卷六十四下《终军传》:"从上幸雍祠五畤,获白麟,一角而五蹄,时又得奇木,其枝旁出,辄复合于木上。"

[宝鼎芝房] "芝房"本来指成丛的灵芝,古人将出土的宝鼎和成丛的灵芝都作为祥瑞之物。东汉班固《西都赋序》提到"《白麟》《赤雁》《芝房》《宝鼎》之歌,荐于郊庙",出现祥瑞之物,古人多制作乐曲以纪念,演奏于庙堂。

览动植飞潜，万物并育；
叙雨旸寒燠，四序皆春。
——佚名，中海延庆楼联

题解

此联意为：延庆楼旁动物植物繁盛，鸟飞鱼跃，万物并育；天气虽有寒热晴阴，四季都像春天一样，充满生机。

简注

［览动植飞潜］观赏动物、植物、鸟飞、鱼游。飞，指鸟飞。潜，指鱼游。

［雨旸（yáng）寒燠（yù）］旸，晴天。燠，暖。

［四序］四季。

天衢翊运风云会；
策府铭勋日月光。
　　——佚名，中海紫光阁联

题解

紫光阁在中海，与蕉园东西对峙，在春耦斋北面。始建于明正德年间，原为四方平台，后废台改建为阁。清康熙时，紫光阁常于仲秋集武卫大臣，在阁前阅试武进士，嘉奖建功武臣勇将，也用于皇帝接见番邦和外国使节、陈设功臣画像等。中华人民共和国成立后，国家领导人常在此接见外宾。

此联写的是武臣于帝京护卫国运，正是风云聚合，君臣际会之时，朝廷记录嘉奖功勋，如同日月般永恒照耀。联语蕴含着丰富的文化意蕴，寄托了嘉许忠臣报国、功勋世代昭彰的美好愿望。

简注

[天衢] 如天空一般广阔宽敞的街道。古代多指帝京。《三国志·吴志·胡综传》："远处河朔，天衢隔绝。"

[翊运] 护卫国运。南宋周密《癸辛杂识·张世杰忠死》："臣死罪，无以报国，不能翊运辅主，惟天鉴之。"

[风云会] 风云聚合。南朝范晔《后汉书·二十八将传论》："中兴二十八将……咸能感会风云，奋其智勇。"也指君臣际会。

[策府] 同"册府"，古代帝王藏书之所，也指帝王策书的存放之所。此指紫光阁是陈设功臣画像之地。

敬协天行所无逸；

顺敷星好敕时几。

——乾隆题观象台紫微殿联

题解

观象台在北京市东城区东裱褙胡同2号，始建于明正统七年（1442），是明清两代皇家天文台，同时也是世界上现存最古老的天文台之一。八件大型铜制天文仪器陈列在台上南、西、北三面。台下西部为紫微殿、滴漏堂庭院。紫微殿匾额曰"观象授时"，为乾隆御笔。

此联为乾隆所题，见《日下旧闻考》卷四十六。强调观象台的职责是观象授时，勉励官员必须勤勉不懈，认真观测天象变化，顺应天体运行，为国家颁布准确的历法。

简注

[敬协天行] 恭敬地顺应天体运行。

[所无逸] 出自《尚书·无逸》："君子所其无逸。"周公告诫成王不应放纵于安逸享乐之中，要勤奋不懈。

[顺敷] 发布。

[敕] 正。

[时几] 时日，日期。

夜半文光射北斗；

朝来爽气挹西山。

——王铎题京师贡院明远楼联

作者简介

王铎（1592—1652），字觉斯，号十樵、嵩樵、痴庵等，河南孟津人，明末清初著名书画家。天启二年（1622）进士，曾任明南京礼部尚书。入清后，授礼部尚书、弘文院学士、太子少保。书法与董其昌齐名，有"南董北王"之称。

题解

京师贡院是京城举行科举考试的地方。《春明梦余录》载：贡院在城东隅（今建国门内西北），为元代礼部旧址，明永乐时改为贡院，万历初重建，清代屡加修葺。贡院内设明远楼，考试时巡查官登楼远眺，居高临下，监视考场。

该联一"夜"一"朝"，写出了举子们日以继夜应试的勤勉。"文光射北斗"借典故写士子文采斐然，"爽气挹西山"就实景写登高远眺西山，视野开阔，紧扣楼名明远。

简注

[文光射北斗] 用唐代王勃《滕王阁序》典故："物华天宝，龙光射牛斗之墟。"文光，指文华、辞采。

[挹西山] 汲取于西山。

槛外山光，历春夏秋冬，万千变幻，都非凡境；
窗中云影，任东西南北，去来澹荡，洵是仙居。

——殷兆镛题"水木清华"联

作者简介

殷兆镛（1806—1883），字补金，一字序伯，号谱经，江苏吴江（今苏州市吴江区）人，道光二十年（1840）进士，历任翰林院编修、大理寺少卿。该联的实际撰写者是乾隆年间的沈斌，扬州学官。

题解

这副楹联最早见于乾隆六十年（1795）初刻本《扬州画舫录》卷十三，为杏轩联。梁章钜《楹联丛话》亦载此联。该联今在清华园工字厅后。

上联总览四季变换，很有时间感，写槛外山光木之"华"；下联写东西南北，空间感很强，写窗中云影水之"清"。

匾额"水木清华"，典出晋代谢叔源《游西池》："景昃鸣禽集，水木湛清华。"匾额题写者尚待考证。

江西吉安吉水县燕坊古村也有此匾额，比清华园早五十年。一说清华园此景的设计师就来自吉水燕坊。

简注

[都非凡境]《扬州画舫录》作"总非凡境"。

[东西南北，去来澹荡]《扬州画舫录》作"南北东西，去来淡荡"。澹荡，水波荡漾，也作骀荡，使人和畅的意思。乾隆《镜烟斋》诗："沼面全开镜，波光半起烟。既明还澹荡，乍暗更澄鲜。"

学者当以天下国家为己任；

我能拔尔抑塞磊落之奇才。

——张百熙题京师大学堂联

作者简介

张百熙（1847—1907），字埜秋，湖南长沙人。清同治进士，历任工部、刑部、户部、邮传部尚书，政务、学务大臣等职，主持京师大学堂。

题解

京师大学堂为北京大学前身,是中国近代教育的开端,清光绪二十四年(1898)建立,在景山东沙滩。

张百熙此联既寄望学子以效力天下国家为自己的抱负与责任,又表达了为国家民族拔擢培育英才的职责使命感。

简注

[以天下国家为己任] 语出《北齐书·崔暹传》:"(崔)暹忧国如家,以天下为己任。"又《南史·孔休源传》:"休源风范强正,明练政体,常以天下为己任。"

[我能拔尔抑塞磊落之奇才] 语出杜甫《短歌行》:"王郎酒酣拔剑斫地歌莫哀,我能拔尔抑塞磊落之奇才。"抑塞,抑郁。此指因受压抑,学识得不到伸展。

宴启蟠桃，琼荑金柯千岁果；
辉分若木，银罂翠釜九华灯。
——慈禧题恭王府多福轩联

题解

恭王府是清代规模最大的一座王府，曾先后作为和珅、庆王永璘的宅邸。咸丰元年（1851），恭亲王奕䜣（1833—1898）成为宅子的主人，恭王府由此得名。楹联在恭王府多福轩，匾额为"同德延釐"（同心同德、福泽绵长之意）。

据记载，这是恭亲王奕䜣五十大寿时，慈禧太后亲自书写所赐，写寿宴之上花果呈祥、盘馔精美、灯火辉煌、富丽华奢，极尽赞美之词。

简注

[琼萼金柯] 指蟠桃有琼玉一般的绿萼和金色的枝条。

[千岁果] 指象征着长寿吉祥的蟠桃。

[若木]《山海经》中记载的太阳栖息的神树。

[银罂翠釜] 指寿宴之上的各种精美器物。

[九华灯] 古代指极为华美的灯，以"照见百里"之光而著称。《岁时广记》引《西京杂记》云："元夜燃九华灯于南山上，照见百里。"杜甫也有"雕章五色笔，紫殿九华灯"（《寄刘峡州伯华使君四十韵》）的诗句。

烟笼古寺无人到；

树倚深堂有月来。

——翁方纲题陶然亭联

作者简介

翁方纲（1733—1818），字正三，号覃溪，晚号苏斋，顺天大兴（今属北京）人。乾隆进士，官至内阁学士。清代著名学者、书法家、金石学家，擅诗文，著有《两汉金石记》《复初斋诗文集》《石洲诗话》等。

题解

陶然亭,在北京右安门东北慈悲庵内。清康熙三十四年(1695),工部郎中江藻在元代所建,亭名取自唐代诗人白居易诗句"更待菊黄家酿熟,共君一醉一陶然"。自明代中叶起为士人名流游息之地,清代尤盛。至近现代,李大钊、毛泽东、周恩来、石评梅等革命者与此均有联系,胜迹颇多。

慈悲庵位于今陶然亭公园中央岛西南端,始建于元代。此联今有两个版本,皆在陶然亭,其正面挂联为"烟藏古寺无人到;榻倚深堂有月来",系翁同龢所补书;出口挂联作"烟笼古寺无人到;树倚深堂有月来"。

此外,陶然亭内侧柱挂联为沈朝初所撰"慧眼光中,开半亩红莲碧沼;烟花象外,坐一堂白月清风",也非常有名。

此联以"无人到"与"有月来"对比描写,写出了陶然亭清静、安谧的意境,韵味悠远。

似闻陶令开三径；

来与弥陀共一龛。

——林则徐题陶然亭联

作者简介

林则徐（1785—1850），字元抚，又字少穆，福建侯官（今福州）人。他主张严禁鸦片、抵抗侵略，史学界称他为近代中国"开眼看世界的第一人"。著有《林文忠公政书》等。

题解

此联为慈悲庵陶然亭西向柱联,林则徐题写,后为黄苗子补书。上联用了陶渊明归隐田园的典故,既是对陶然亭之幽静环境的描写,同时又写出了作者对陶渊明淡泊率真、高洁出世的人生境界的向往;下联切景,点明陶然亭所在的慈悲庵是佛家之地,似是写自己对佛门的皈依,实际上主要还是表达一种闲适清高、不满于现实的情怀。对古代的文人来说,现实之中无法施展自己的才干,内心郁闷而寻求解脱,是一种非常普遍的思想情调。

简注

[陶令] 东晋诗人陶渊明,曾任彭泽县令,为人率真自然,不慕权势,后归隐田园。

[三径] 径,小路。东汉蒋诩在王莽专权时辞官归隐乡里,在院中开辟三条小路,只与同样逃名避世的羊仲、求仲二人往来,后多以"三径"比喻隐士隐居之地。陶渊明《归去来兮辞》中有"三径就荒,松菊犹存"句,这里指隐居生活。

[弥陀] "阿弥陀佛"的简称,佛家净土宗以其为西方极乐世界之教主。秦观《处州水南庵二首·其一》诗云:"市区收罢鱼豚税,来与弥陀共一龛。"

辽海吞边月；
长城锁乱山。
——佚名，居庸关联

题解

居庸关为万里长城的一个重要关口,古代北京城的西北屏障。秦始皇修长城时让强征来的民夫士卒居于此,居庸关即取"徙居庸徒"之意。乾隆帝题书"居庸叠翠",为"燕京八景"之一。

上联中"吞"字与下联中"锁"字用得很好,不仅使整个句子鲜活生动,而且体现了万里长城的磅礴气势。"边月"和"乱山"对仗精工,既写出边境的地理形势特点,又蕴含历史幽情,情景交融。

简注

[辽海]泛指辽河流域以东至海的地区,此指遥远的山海关。

[长城锁乱山]指万里长城将无数群山串连在一起。

万壑烟岚春雨后；
千峰苍翠夕阳中。
——佚名，居庸关联

题解

居庸关不仅是军事要塞,也是北京胜景之一,"居庸叠翠"久负盛名。上联写春雨过后,远望群山,万壑纵横,山中云雾缭绕,如入仙境;下联写千峰耸立,远山披绿,在落日余晖中更现郁郁苍苍。联语渲染出一幅居庸关雨后夕阳的绚烂画卷,笔力雄阔,气势不凡。

此联出自明代许鸣鹤《居庸叠翠》,全诗为:"山带孤城耸半空,势凌恒岳远相雄。万壑烟岚春雨后,千峰苍翠夕阳中。关门直拱神京壮,驿路遥连紫塞通。自是中原形胜地,常时佳气郁葱葱。"

高处不胜寒，溯沙鸟风帆，七十二沽丁字水；
夕阳无限好，对燕云蓟树，百千万叠米家山。
——程德润题通州河楼联

作者简介

程德润（1783—1852），字伯霖，号玉樵，湖北天门人，嘉庆十九年（1814）进士，与林则徐友善，曾任山东盐运使、甘肃布政使、陕西候补道等。

题解

通州河楼建于明代,北运河岸边的倚岸楼。古时南方来的大船满载建材、粮食等汇集于此,坐粮厅官员在此查验调度,因其功能而名"验粮楼",又因建在石坝高岗处,一名"坝楼",俯瞰运河,景极雄旷。

此联写通州河楼高耸,运河之上沙鸟风帆,七十二沽水流蜿蜒曲折;黄昏夕阳西下,远眺京城,烟树葱茏,如米家山水,意趣幽远。

简注

[高处不胜寒] 比喻河楼之高。出自北宋苏轼《水调歌头》词:"我欲乘风归去,又恐琼楼玉宇,高处不胜寒。"

[七十二沽丁字水] 指天津、宝坻、宁河三地的纵横水道,共有七十二沽。水道多成"丁"字形,故名"丁字水"。

[夕阳无限好] 形容河楼夕阳晚照之美景。出自李商隐《乐游原》诗:"夕阳无限好,只是近黄昏。"

[燕云蓟树] "蓟门烟树"为"燕京八景"之一,指西直门以北元大都城墙遗址西段。今尚存"蓟门烟树"碑。

[米家山] 指北宋书画家米芾及其子米友仁的山水画,多以水墨点染,重意趣不求工细,别具新意,人称"米氏云山""米家山"。

殷兆镛题"水木清华"联

寺观庵堂楹联

雍和宫大雄宝殿联

卧佛寺大雄宝殿联

北京地区自南北朝以来，佛道等宗教文化繁盛，绵延不绝，古刹林立。城内有白云观、雍和宫等，城外有闻名遐迩的潭柘寺、戒台寺等，城郊有西山、八大处诸寺，还有关帝庙、娘娘庙等民间庙宇，以及天主教堂、清真寺等不同宗教不同信仰的场所。这些寺观庵堂中的楹联，虽以宣扬教义、推阐信仰为本，但往往构思巧妙，意旨深远，从中可见北京文化多元一体的包容气质。

本部分27副楹联，包括城内的白云观、雍和宫、法源寺，门头沟区潭柘寺、戒台寺，而后卧佛、法华、碧云、香山、大觉、香界等西山诸寺，房山区云居寺，怀柔区红螺寺。民间信仰的海淀区黑龙潭龙王庙，以及城内的正阳门关帝庙、东岳庙，通州区药王庙；还包括宣武门天主教堂、马甸清真寺等，让读者"管中窥豹，可见一斑"。

万古长生,不用餐霞求秘诀;
一言止杀,始知济世有奇功。
　　——乾隆题白云观丘祖殿联

题解

白云观，在广安门外滨河路，为全真派著名道观。创建于唐开元二十七年（739），原名天长观，金为太极宫，元称长春观，明改称白云观。现存白云观为乾隆二十一年（1756）奉敕修建而成。丘祖殿祭祀道教全真龙门派始祖丘处机，殿内塑丘处机像。有康熙帝御笔题额"驻景长生"。道教讲究修道长生，传说能通过不食五谷，餐霞饮露而达到长生不老的境界。

此联颂扬丘处机向成吉思汗进言，得以挽救苍生黎民，免受生灵涂炭之苦，使他永为后世敬仰，可谓不以修道养生而万古长生，旌扬推崇，意旨深远。

简注

[餐霞] 服食日霞。为道家修炼之术。

[一言止杀] 丘处机曾劝元太祖成吉思汗少杀戮。丘处机，山东栖霞人，自号长春子，道教全真道"北七真人"之一，龙门派的创始人，受成吉思汗尊崇，死后封为"长春演道主教真人"。

咬定一两句，终身得力；

栽成六七竿，四壁皆清。

——郑燮题白云观华室联

作者简介

郑燮（1693—1766），字克柔，号板桥，江苏兴化人。乾隆元年（1736）进士，曾任山东范县、潍县知县，后因岁饥为民请赈，得罪豪绅而罢官。此后寓居扬州，以卖画为生，被列为"扬州八怪"之一。

题解

上联意思是,经典内容浩繁,需择其最精处理解掌握,并身体力行,就能终身受益。"咬"字十分精炼,有咀嚼涵泳和坚忍不拔两层意思。郑燮还有脍炙人口的诗歌《竹石》:"咬定青山不放松,立根原在破岩中。千磨万击还坚劲,任尔东西南北风。"

下联是说,栽培六七竿竹子,修养自身品德,就可使室内清静脱俗。"清",指清雅高洁、清静无为的人生境界。

接引群生,扬三千大化;
圆通自在,住不二法门。
——乾隆题雍和宫大雄宝殿联

题解

雍和宫，位于北京安定门内雍和宫大街东侧，建于清康熙三十三年（1694），原为雍正帝即位前的府邸，名雍亲王府。雍正三年（1725）改为雍和宫，成为清帝供祀祖先之影堂，乾隆九年（1744）改为喇嘛庙。这是北京地区规模最大、建筑最宏伟、保存最完好的喇嘛庙，也是珍藏佛教文物、珍宝最多的寺庙之一。

雍和宫大雄宝殿，亦名"雍和宫"殿。殿内今有三副楹联。这里收乾隆御题两联，另一联"超二十七重天以上；度百千万亿劫之中"，为启功所书。

此联大意为：引导众生遵从佛的教化，弘扬总摄宇宙的大法；一心一意学佛，一定能达到诸佛、菩萨的功德，办事顺畅自如。联语以颂扬佛法为主，涉及佛教的基本教义和术语，但对仗工稳，用词巧妙，可见作者的艺术功力。

简注

[接引] 引导摄受之意。指诸菩萨引导摄受众生，或师家教导引接弟子。

[三千大化] 三千，泛指一切万法。大化，指如来教化所及的境域。

[不二法门] 法即佛法。指显示超越相对、差别之一切绝对、相对平等真理的教法。俗语多援引，转指学习某种学问技术唯一无二的方法。

法界示能仁，福资万有；
净因臻广慧，妙证三摩。
——乾隆题雍和宫大雄宝殿联

题解

此联大意为：诸佛众生以本源之清净心，按次第学习诸法，佛祖释迦就会示现，给你福德、资财、福智，你也会修得总赅万象、万事、万物的大法，获得善果；洗除引生情欲的内因和外因，树立起远离尘垢的清净信仰心，达到胸怀宽广，产生明朗智慧，断除一切烦恼的境地。

简注

［法界］指意识所缘对象之所有事物。亦为所化之境，即众生界。

［万有］总赅万象、万事、万物的万法。

［净因］净，佛教特指情欲的洗除净尽。因，能引生结果的原因。佛教认为，一切万法皆由因缘而起，有因则必有果。净因就是以清净的信仰心，认识因果相应相酬，修身养性，弃恶扬善。

［慧］指推理、判断事理的精神作用，明见一切事物及道理的高深智慧。

［妙证］妙，不可思议。修习正法，如实体验而悟得真理，称为证。

［三摩］即三摩地，指专注一境的精神作用。

定光澄月相；

慧海涌潮音。

——钱陈群题雍和宫万福阁联

作者简介

钱陈群（1686—1774），字主敬，号香树，浙江嘉兴人。康熙六十年（1721）进士，官至刑部左侍郎。

题解

此联大意为：定光如来有湛然清净的菩提心，智慧深广如海的佛、菩萨，经常示现人间，讲说佛法，教导众生。从楹联艺术角度看，此联对仗工整，气魄不凡，用语典正，端庄肃穆。万福阁还有介福题联"示第一义谛；开不二法门"，汪由敦题联"雨华庄宝相；湛月朗心珠"等。

简注

[定光] 指定光如来，出现于过去世，曾为释迦牟尼授记之佛，是过去佛中最有名者。

[月相] 据《菩提心论》载，满月为圆明之体，与菩提心相类似，所以比喻自心形如月轮。修行者在内心中观白月轮，作此观能照见本心湛然清净，犹如满月之光遍于空虚，无所分别。

[慧海] 喻指佛的智慧深广如海。

[潮音] 指僧众诵经之声。

慧雨昙云,清净契无为之旨;

金乘珠藏,通明开不二之门。

——乾隆题法源寺大雄宝殿联

题解

法源寺在法源寺后街，北京城区现存历史最悠久的名刹。初建于唐贞观十九年（645），名悯忠寺，为唐太宗征辽失利后为纪念阵亡将士所建。后各朝多有修建。清雍正十二年（1734）重修工竣赐额"法源"。大雄宝殿悬乾隆御笔题额"法海真源"。

此联大意为：慧雨昙云，正契合清净无为之意旨；金乘珠藏，能打开内心通明之不二法门。

简注

［慧雨］智慧之雨。

［昙］密布的云气。这里昙云比喻佛法。

［无为］即无为法，指离生灭因缘造作、永恒不变的法性真理，与"有为"相对。

［乘］指佛教的教派或教法。本意为运载、运度，能乘载众生到达解脱彼岸。

［藏］此指佛教经典。

参透声闻,翠竹黄花皆佛性;
破除尘妄,青松白石见禅心。
——乾隆题法源寺无量殿联

题解

康熙题书无量殿额"存诚"。

上联"翠竹黄花皆佛性"出自唐诗人司空曙诗《寄卫明府,常见短靴褐裘,又务持诵,是以有末句之赠》;下联"青松白石"出自宋释绍昙《偈颂一百零二首》(其八十二)。此联大意为:参透佛法,则翠竹黄花皆有佛性,破除尘妄,则从青松白石中皆能体悟禅心。

简注

[声闻] 梵文的音译。意为听闻佛陀言教的觉悟者。

[佛性] 原指佛陀本性,后来发展成为佛的可能性、因性、种子,亦为"如来藏"的异名。

[尘妄] 佛教指一切生死的境界,不净为尘,不实为妄。

[禅心] 佛教指心注一境,正审思虑的清净之心。

鹫岭云闲，空界自呈清净色；
龙潭月皎，圆光长现妙明心。
　　——雍正题潭柘寺大雄宝殿联

题解

潭柘寺，北京西郊著名佛寺，在门头沟区潭柘山山腰。寺后有龙潭，山间有柘树，故名潭柘寺。始建于西晋永嘉元年（307），初名嘉福寺，又称龙泉寺、大万寿寺、岫云寺等，是北京地区最早的一座寺庙，故有"先有潭柘寺，后有幽州城"的谚语。后多有修葺。

此联为潭柘寺大雄宝殿而题写，殿额曰"福海珠轮"。作者从写景入手，表达对禅理佛心的理解。鹫岭白云悠闲，象征佛法广大，远离一切烦恼与痛苦，龙潭圆月皎洁，象征佛法威仪，呈现光明安乐之境。

简注

[鹫岭] 灵鹫山。在古印度摩揭陀国王舍城东北。相传释迦牟尼曾在此居住、说法多年，因代称佛地。

[空界] 佛教六界（地界、水界、火界、风界、空界、识界）之一，指虚空，体性广大，周遍一切，是一种永恒不变的存在。

[圆光] 本指月光。此处指佛、菩萨头部放出的轮光，表示佛法的威仪。

[妙明] 佛家所说的深微光明安乐之境。

大肚能容，容天下难容之事；
开口便笑，笑世间可笑之人。
——佚名，潭柘寺弥勒殿联

题解

弥勒,佛教菩萨之一,被预言于未来之世成佛,民间习惯称为弥勒佛。佛寺楹联的本意,无非是宣扬佛教宗旨,或者劝导、教诲社会人生。这副楹联用浅显的文字,将弥勒佛大腹便便、笑面悠悠又超然物外的神态勾勒得活灵活现,奉劝人们待人处事要乐观旷达、宽厚容人,排除一切私心杂念,乐观泰然。不但对仗工整,寓意深刻,语言也通俗浅易,在佛寺楹联中是很有特点的。

全国各地很多寺院中都有类似的楹联,著名的有河南洛阳白马寺的"大肚能容,容天下难容之事;慈颜常笑,笑世间可笑之人",广东雷州天宁寺的"大肚汉容天下难容事;苦行僧笑世间可笑人",峨眉山灵岩寺弥勒殿的"开口便笑,笑古笑今,凡事付之一笑;大肚能容,容天容地,于人何所不容",等等,很难确定最初出自何处,但可以看出人们对这一类楹联所表达的巧妙智慧的普遍喜爱。

庆云飞宿栋；
嘉树罗青墀。
——康熙题潭柘寺栴檀佛楼联

题解

栴檀佛楼,最初为供奉名贵檀香木雕刻的释迦牟尼立身佛像而建。另有七言联曰:"经声夜息闻天语;炉气晨飘接御香。"

联语简洁,寓意深切,五色彩云围绕楼阁,嘉树美木罗列堂前,写出幽静美好之境。

简注

[庆云] 五色彩云。古人认为是祥瑞之气,也作景云、卿云。

[青墀] 青色的台阶。

石上水流动皆静；
云间山出幻而宁。
——乾隆题潭柘寺流杯亭联

题解

潭柘寺东院有四角方亭,亭内地面有石砌沟渠,引水注渠中,以杯投入,可漂流水上,取"曲水流觞"之意。亭额曰"猗玕亭",为乾隆御书。乾隆为猗玕亭题诗:"扫径猗猗有绿筠,嚫伽鸟语说经频。引流何必浮觞效,岂是兰亭修禊人。"猗玕亭南立柱今还有楹联:"金玉镶筠,流觞龙献瑞;春秋修禊,乘月虎听禅。"

乾隆题联写曲水流觞,动中寓静,烟岚变幻,虚空而宁,以景物刻画心境,契合圆融。

禅心似镜留明月；
松韵如篁振午风。
——康熙题戒台寺大雄宝殿联

题解

戒台寺在门头沟区马鞍山麓。始建于唐武德五年（622），原名慧聚寺。辽时高僧法均在此建坛传戒，明正统时赐名万寿禅寺。因寺内建有国内最大的戒坛，故民间多称为戒坛寺或戒台寺。大雄宝殿康熙题额曰"般若无照"，乾隆书额曰"莲界香林"。

此联一说乾隆所撰。南京清凉寺有"波心似镜留明月；松韵如篁振午风"一联，仅一字之差。联语大意为：禅定之心清净如镜，如明月般朗照清夜；松涛竹韵摇曳多姿，如南风古曲引人入胜。一远一近，一动一静，目见心悟，有声有色。

简注

[禅心似镜] 佛教用语。指清静寂定的心境如镜。

[松韵如篁] 松韵指松风、松涛产生的声音。篁本指竹子，竹林，王维《竹里馆》有"独坐幽篁里"句。这里指代竹林因风吹产生的近似音乐的声音。谢庄《月赋》有"风篁成韵"句。

[午风] 古人以十二地支配方位，午为正南，午风指南风。南风，为古代乐曲名，相传为虞舜所作，歌曰："南风之薰兮，可以解吾民之愠兮；南风之时兮，可以阜吾民之财兮。"

遍洒醍醐成雨露；
长留华藏闷山林。
　——乾隆题戒台寺戒坛联

题解

戒坛前有古松数株,坛上有康熙题额"清戒",乾隆题额"树精进幢"。这副楹联据说是乾隆手书,今已不存。

此联意为:佛法教义如同醍醐甘露,能够滋润心灵、启迪智慧,获得精神上的极大满足,在寂静幽深的山林中达成庄严美好的莲花藏世界。

简注

[醍醐] 原指酥酪上凝聚的油。比喻佛教的上乘教义,能够给人以启示。如天台宗喻《法华经》为醍醐。

[华藏] 佛教语。莲华藏世界,指庄严、美妙、圆融、和谐、清净的境界。

[阒] 关闭。此处形容清静幽深。

花气合炉香馥郁；

天光共湖影空明。

——雍正题卧佛寺殿前联

题解

卧佛寺在西山北部的寿安山南麓，因寺内有一元代铜质释迦牟尼卧佛像，故名。始建于唐贞观年间，后多次更易其名，唐时称兜率寺，以后为大昭孝寺、洪庆寺、永安寺、寿安禅林、十方普觉寺。《日下旧闻考》载："殿前恭立世宗（雍正）御制文碑。方丈恭悬世宗御书联曰：'花气合炉香馥郁；天光共湖影空明。'其殿檐额曰'双林邃境'。卧佛殿额曰'得大自在'。禅堂联曰：'苔益山文古；池添竹气清。'方丈额曰'是地清凉'，联曰：'雨花点地成金粟；水月莹秋贮玉瓶。'檐前联曰：'云开春阁图书静；雨霁秋窗竹桂闲。'皆皇上御书。"

该联紧扣禅寺环境来写，花气浓郁，炉香氤氲，写出寺庙虽远离闹市，但是香火颇盛，天空与湖影澄澈相映，正契合禅寺修道者洞彻灵明的心性。

简注

[馥郁] 香气浓郁。

[空明] 空旷澄澈。多用来形容洞彻灵明的心性。

山色溪声真实义；
天光云影去来身。
——乾隆题法华寺大悲殿联

题解

《五城寺院册》载:"静宜园之西万安山有法海寺、法华寺。"法华寺在香山南侧,约毁于20世纪40年代,今仅存遗址和许多神秘的历史故事和人文传说,寺内顺治帝御书的"敬佛"石碑保存完好。《日下旧闻考》载:"法海、法华二寺前后互相连属,相传为宏教寺遗址,本朝顺治十七年修建,改今名。前为法海寺,门上有小塔,门内为关帝殿。约半里许为法华寺,门内弥勒佛殿前恭悬皇上御书额曰'德水香林',联曰:'法雨霏空标七净;慧珠照海启三明。'大悲殿前御书额曰'筏通彼岸',联曰:'山色溪声真实义;天光云影去来身。'后殿恭悬圣祖御书额曰'法门通慧',皇上御书额曰'十地圆通',联曰:'华海灵源分一滴;金轮妙谛演三乘。'寺右精舍五楹,额曰'悟色香空',联曰:'妙谛远空华海藏;勤修长护福田根。'皆皇上御书。"

该联上联以耳闻目见不息的山色、溪声,比拟佛教真义;下联以天光、云影的美景,比拟人生和世事的无常变化,取譬精当,禅味十足。这也不禁让我们想起蔡元培先生所倡导的以美育代宗教。

简注

[真实义] 佛教名词,统指一切现象普遍共具的真常不变的体性,以及一切现象各具的一切性质、相状、力用、关系等。

[去来身] 生死轮回的肉身。唐代方干《经旷禅师旧院》:"更名变貌难休息,去去来来第几生。"

果证吉祥云,三千已遍;
欢融功德水,五百非多。
——西山碧云寺罗汉堂联

题解

香山碧云寺是明清时期佛教建筑的代表作,既保留了明代佛寺的禅宗特点,又吸收和发展了佛教密宗的建筑风格,且有清代行宫,具备皇家元素。

此联阐发佛教教义,对仗工整,联语典雅,在佛寺楹联中是很有特点的。上联写众罗汉修行圆满,取得正果,功德深广,吉祥之云遍及三千世界;下联写罗汉达观真理,具有极乐世界中的各种功德,五百之数并不多,还会有后来之人。

简注

[果证] 根据佛教的修行程度,证得果位。佛教的果位有佛、菩萨、罗汉。佛的意思是"觉者""智者",菩萨的意思为"发大心愿的人"。罗汉即"阿罗汉"的省称,指断绝一切嗜欲,解脱了烦恼的僧人。

[三千] 三千世界,指包括"三"种"千"数的大千世界。泛指处处、全世界的意思。

[功德水] 功德,佛教语。功,指福利之功能,此功能为善行之德,故称功德。功德水,八功德水。佛教谓西方极乐世界中,处处皆有七妙宝池,八功德水弥满其中。

花雨轻霏,结青莲世界;
云峰郁起,现白毫相光。
——乾隆题香山寺大殿联

题解

香山寺,位于香山东南,建于金代,元、明、清各代都曾重修。1860年被英法联军焚毁殆尽。

上联是近写,香山寺周围花雨轻扬,呈现出一片如莲花盛开般祥和神圣的境界;下联远写,远望群峰耸立,云雾缭绕,好像发出白毫相的光芒。此联通过写景来塑造一种佛教中的神圣境界,达到对佛教教义的自然宣扬,表现手法巧妙,对仗也非常工整。

简注

[霏] 飘扬。

[青莲世界] 比喻净土,佛家所谓极乐世界。佛教以为莲花清净无染。青莲,青色莲花。

[白毫相光] 如来三十二相之一,眉间有白色毫毛,右旋婉转,如日正中,放之则有光明。

清泉绕砌琴三叠;
翠筱含风管六鸣。
——乾隆题大觉寺精舍联

题解

大觉寺在海淀区黑龙潭北阳台山麓，辽时为清水院，金时为金章宗西山八大水院之一，后改称灵泉寺，明宣德三年（1428）重修，改称大觉寺。康熙、乾隆年间都曾重修。精舍额曰"四宜堂""寄情霞表"。

此联写大觉寺的幽静环境与作者的闲雅心境。清泉绕阶，泠泠之声如同一唱三叹的清音雅乐，翠竹扶摇，瑟瑟之声如同六音和鸣的美妙管乐。

简注

〔三叠〕古代歌曲演奏之法，至某句而反复咏唱，称为三叠。著名的有《阳关三叠》。

〔翠筱（xiǎo）〕翠绿的细小的竹子。杜甫《狂夫》诗有"风含翠筱娟娟净"句。

〔六鸣〕六音，指中国古代音乐理论中的六种基本音律，即宫、商、角、徵、羽和变宫。

花海总涵功德水；
香台常绕吉祥云。
——乾隆题香界寺正殿联

题解

香界寺在平坡山龙泉庵西北，为八大处（长安寺、灵光寺、三山庵、大悲寺、龙王堂、香界寺、宝珠洞、证果寺）中第六处。创建于元，乾隆十三年（1748）重修后改今名。殿中额曰"现清净身""智镜周圆"。

此联意为功德圆满，常受润泽，香烟缭绕，吉祥如云。

香界寺另有楹联："一竿竹影敲明月；半榻松风卧白云。"竹影、明月、松风、白云，诗意盎然，"敲"与"卧"两字用得奇巧，对仗工稳，颇具韵致。"敲"还让人想起诗僧贾岛"僧敲月下门"的故事，大有顿悟之意。

简注

［花海］指佛海。

林外钟声开宿霭；
阶前幡影漾清晖。
——乾隆题云居寺毗卢殿联

题解

　　云居寺在房山区南尚乐水头村。亦称西峪寺,依山而建。为隋末幽州智泉寺僧静琬所建。有二塔对峙,五层院落,六进殿宇。寺内刻经始自隋大业年间,经隋、唐、辽、金、元、明六代,绵延一千多年,现藏石经15000余块,1000余部。云居寺为我国北方著名的佛教圣地之一。其中文殊殿匾额"别有洞天""慧海慈航",分别为清康熙、乾隆所题。毗卢殿额曰"慧海智珠"。

　　清晨的钟声响起,深夜集聚的云雾消散,文殊佛殿前幡影摇动,辉映着明净的晨晖,写出了云居寺深隐林中的清幽静谧。

简注

[宿霭] 久聚的云气。

[幡影] 旗影。幡为长方而下垂的旗子。

皇图永固,帝道遐昌;
佛日增辉,法轮长转。
　　——佚名,红螺寺大雄宝殿门联

题解

红螺寺位于京郊怀柔区,原名大明寺,始建于东晋,扩建于盛唐,明正统年间改为"护国资福禅寺"。因红螺仙女的美妙传说,俗称"红螺寺"。横额为"大光明藏"。在佛教教义里,佛、菩萨都呈光明相,以光明象征其智慧。所以"大光明藏"喻指佛家无尽的智慧。

此联经常被题写于宗教场所,比如陕西西安钟楼的铁钟上就刻着"皇图永固,帝道遐昌,佛日增辉,法轮常转"这16个字,江西庐山恭乾禅师塔院、浙江黄岩常寂寺等处,都题有此联。意为颂扬佛法光明长久,同时还祈祝帝王的版图、基业永远稳固昌盛。

简注

[皇图] 帝国的版图。

[遐昌] 长久昌盛。

[法轮] 佛法的别称。

幸逢嘉霖敷优泽；
一洗粉尘转润姿。
——乾隆题黑龙潭龙王庙联

题解

黑龙潭在京西金山口北,传说有黑龙潜居其中,乾隆三年(1738)敕封为昭灵沛泽龙王之神。潭后有龙王庙,建于明代,祭祀黑龙。三世佛殿悬康熙题额曰"潭清光凝",庙内精舍额曰"云影天光"。

此联写久旱逢甘霖,是上天布施恩泽,洗尽干旱而起的灰尘,土地得以滋润。祈雨而得雨,喜雨之情溢于言表。

简注

[嘉霖] 即甘霖之意,指久旱之后所下之雨。

[敷] 布施。

乃圣乃神，乃武乃文，扶四百载承尧之运；
自西自东，自南自北，如七十子服孔之心。
——赵翼题正阳门关帝庙联

题解

正阳门，北京城南面的正门，俗称前门。关帝庙是供奉关羽的地方，关羽是三国时期蜀国的一员名将，为蜀汉政权立下汗马功劳。后来关公成为忠义、正气的象征，形成了源远流长的"关公崇拜"。

此联赞美关公能文能武、无比神圣，受到东西南北普天之下芸芸众生的拜服尊崇，就像孔子的七十二位弟子钦服孔子一样。上联中"乃圣乃神，乃武乃文"出自《尚书》，下联中"如七十子服孔之心"出自《孟子》，都是儒家经书中的典故，但是用得非常自然，显示出作者深厚的学养与高超的文字功力。

历代对关羽的敬奉与崇拜非常盛行，关帝庙遍布全国各地。关羽还被许多行业奉为行业崇拜神，军人、武师以外，其他如香烛业、绸缎业、成衣业、酱园业、屠宰业、肉铺业、糕点业、理发业、典当业、命相业等等，也都崇拜关公。

简注

[乃圣乃神，乃武乃文] 语出《尚书·大禹谟》，这里用来赞誉关公神妙，既有武功，又有文德。

[承尧之运] 指继承尧帝的世运事业。

[如七十子服孔之心] 语出《孟子·公孙丑上》："如七十子之服孔子也。"孔子有贤徒七十，人称七十子，对孔子极为崇敬。这里比喻人们对关公的心悦诚服与崇仰。

木德承天，橐籥阴阳甄品汇；
青衹司令，监观上下仰灵威。
——乾隆题东岳庙联

题解

东岳庙在朝阳门外,是道教正一派在华北地区最大的宫观,现为全国重点文物保护单位。建成于元至治三年(1323),祀东岳泰山神天齐仁圣大帝。清康熙三十九年(1700)、乾隆二十六年(1761)两次重修。

此联大意为:泰山神东岳大帝上承天命,威仪天下,蕃育万物众生,统摄世界群灵,甄别万物,监督上下,令人敬仰。

简注

[木德] 即盛德在于木位。按照"五行"学说,泰山居于东方木位。

[橐籥(tuóyuè)] 古代冶炼鼓风用的器具,类似于风箱。《老子》:"天地之间,其犹橐籥乎?"此处作动词,指生发、化育。

[青衹] 指东方之神,又指泰山神,即东岳大帝。关于东岳大帝的身世,有太昊、盘古、金虹氏、黄飞虎等说法,传说不一。道教典籍《洞渊集》曰:"太昊为青帝,治东岳,主万物发生。"

[灵威] 神的威灵。

密云不雨旱三河，虽玉田亦难丰润；
怀柔有道皆遵化，知顺义便是良乡。
——佚名，通州药王庙联

题解

通州药王庙位于今通州区管头村,建于清代,现仅存前殿三间,后殿三间。

此联据传说是清朝时一位赴京应试名落孙山的秀才所撰,写大旱之年,世事维艰,虽玉田万顷也难以丰满滋润。如果统治者采取怀柔政策,百姓都会遵从教化,能行道义即是道德和美之乡。将当时京城附近八县的县名巧妙嵌入,撰成此联,语涉双关,构思精巧。其中密云、怀柔、顺义、良乡今属北京,三河、玉田、丰润、遵化今属河北。

无始无终，先作形声真主宰；
宣仁宣义，聿昭拯济大权衡。
——康熙题宣武门天主教堂联

题解

天主教堂在宣武门东,又称"南堂",明万历二十八年(1600)建,清顺治、康熙、乾隆年间多次重修。门额曰"通微佳境",殿中匾曰"万有真元"。上联中的"形声"一作"心身"。

世事循环,不知因何而始、因何而终,所以把握好自己的行为思想才是最重要的。宣扬仁义,以正确的行为准则拯济世人。此联阐明天主教义,但牵合以儒家仁义之道,体现了清初康熙对待外来宗教的开放气度。

简注

[聿(yù)昭] 以笔为文,昭彰仁义。

[权衡] 古代称量轻重的器物,引申为准则。

化人化物能化化;
生天生地更生生。
——佚名，马甸清真寺联

题解

马甸清真寺是北京的清真古寺之一，始建于清康熙年间。此联在各地清真寺中较多见，比如河北定州清真寺、山东青州真教寺等，都有同样的楹联。

上联表达一种超自然的力量或智慧，能够改变物质世界以及人类的精神状态；下联则强调创造生育天地间自然万物与人类生命的能力。上下联对应，体现了对宇宙起源和生命本质的深刻思考。

西黄寺金刚宝座塔前石牌楼,南面额曰"慧因最上",联曰:"香界吉云开,佛日辉悬恒普照;法轮圆镜转,智珠朗印妙同参。"

名人古迹楹联

文天祥祠联

北京作为五朝古都，长期以来是中国的政治统治中心和文化中心。全国各地的俊彦之才会聚北京，留下了极为丰富的历代名人古迹。其中有名臣祠堂、名人故居、名人遗迹，也有历代名人广泛交流的会馆、学校等，多有联语精彩、意蕴深厚的楹联点缀其间，成为北京历史文化的生动呈现，也是北京作为全国文化中心的有力见证。

　　这部分23副楹联，包括文天祥祠、于谦祠、松筠庵、袁崇焕祠等纪念性祠堂联。随后包括四川会馆、扬州会馆、湖广会馆、安徽会馆、山西会馆等会馆楹联，大致以题写者生年为序。而后赵象庵宅、小秀野堂、梅巧玲故居、谭鑫培旧居、林纾旧居均是宅第楹联，梁同书所撰是书斋联，倪国琏题吕氏藤花联、何绍基自题联、鄂比所书是赠联，严保庸挽玉麟、谭继洵挽谭嗣同属于挽联。挽联和赠联本是楹联的大宗，体现了古代楹联突出的交际功能。

花外子规燕市月；
水边精卫浙江潮。
——边贡题文天祥祠联

作者简介

边贡（1476—1532），字廷实，号华泉，历城（今山东济南）人。弘治九年（1496）进士。明代著名诗人，与李梦阳、何景明等合称"前七子"。

题解

文天祥祠,即"文丞相祠",位于北京东城府学胡同,旧址为文天祥(1236—1283)被囚于大都时的土牢。明洪武九年(1376)建祠,后屡有重修,现为国家重点文物保护单位。

此联出自明代边贡的《谒文山祠》,今已不存。联语写文天祥含冤被戮,子规为之哀鸣,燕月为之惨淡;其不屈精神如精卫衔石填海,浙江潮水也为之激荡。

现在的文天祥祠内还有多副对联,如享堂外楹联"正气识孤忠,无愧丹心昭日月;法天抡对策,长荣青史壮乾坤",为清代著名文人汪中所撰;内侧抱柱联"正气贯人寰,河岳日星垂万世;明禋崇庙貌,丹心碧血照千秋",为文天祥后人文辂所撰,均表达了历代文人对于文天祥捐躯赴国难的崇敬和正气满乾坤的敬仰。

简注

[子规] 杜鹃的别称。相传古蜀王望帝死后化为子规鸟,叫声凄厉。

[燕市] 这里指北京柴市。一说即今北京西城区菜市口。

[精卫]《山海经》记载炎帝小女儿游于东海,溺死而化为精卫鸟,常衔西山木石去填东海。

砥柱中流，独挽朱明残祚；
庙容永奂，长赢史笔芳名。
——魏源题于谦祠联

作者简介

魏源（1794—1857），原名远达，字默深，湖南邵阳人。道光二十五年（1845）进士。历官江苏东台、兴化知县、高邮知州。清代著名启蒙思想家，提出"师夷之长技以制夷"，著有《海国图志》等书。

题解

于谦祠在北京西裱褙胡同，原为于谦故宅。于谦（1398—1457），字廷益，明浙江钱塘（今杭州）人，官至兵部尚书。正统十四年（1449），蒙古瓦剌部首领也先入侵，英宗亲征，在土木堡兵败被俘。于谦拥立代宗，率军民奋战，保卫京城。英宗复辟后，于谦以"谋逆罪"被害。宪宗成化二年（1466）复官赐祭。神宗万历二十三年（1595）将其故宅改为忠节祠，改谥"忠肃"，并在祠中立于谦塑像。祠堂清初被毁，光绪十五年（1889）重建。今祠堂门楣正中悬"于忠肃公祠"木匾。

魏源所撰此联，即以明王朝的中流砥柱为喻，赞颂于谦在"土木之变"后，拥立新君以绝瓦剌要挟之念，整饬兵备抗击瓦剌入侵京城，拯救大明江山社稷的丰功伟绩，在危机之中力挽狂澜，足以使其青史留名。

简注

［砥柱］三门峡东北黄河急流中的砥柱山。多用来比喻在艰难危急的环境中起到支柱作用的人物或力量。出自《晏子春秋·内篇谏下》："吾尝从君济于河，鼋衔左骖，以入砥柱之中流。"

［朱明］明朝由朱氏建立，故称朱明。

［残祚］残缺的王朝。祚，皇位。

［庙容］指祠庙与神像。与"庙貌"同义。

［奐］盛大鲜明。

三疏流传,枷锁当年称义士;
一官归去,锦衣此日愧先生。
——江春霖题松筠庵联

作者简介

江春霖(1855—1918),字仲默,一字仲然,号杏村,晚号梅阳山人,福建莆田人,光绪二十年(1894)进士,历任翰林院检讨、武英殿纂修、国史馆协修,官至新疆道,兼署辽沈、河南、四川、江南道监察御史。访察吏治,参劾权贵,声震朝野。后罢官归里,致力于筑坝修堤等公益事业。著有《江侍御奏议》等。

题解

松筠庵在达智桥胡同，为明嘉靖时著名诤臣杨继盛的故居。杨继盛（1516—1555），字仲芳，号椒山，直隶容城（今属河北保定）人，嘉靖二十六年（1547）进士。曾奏《请罢马市疏》，弹劾大将军仇鸾误国，受到打击报复被贬官。不久被起用。三十二年（1553），又写《请诛贼臣疏》力劾权相严嵩"五奸十大罪"，遭诬陷下狱，备经摧残，最终遇害。临刑前留诗云："浩气还太虚，丹心照千古。生前未了事，留与后人补。"

后人曾为松筠庵题联云："燕市宅依然，两疏共传公有胆；铃山堂在否，十年不出彼何心。"清乾隆年间将此地改为祭祀的祠堂。祠内有谏草亭，杨继盛两次批评朝政的谏疏均刻于亭内石碑。

本联以杨继盛冒死进谏的铮铮忠骨，与自己衣锦归乡的自惭形秽作对比，表达了对忠义之士杨继盛的崇敬之情。

简注

[三疏流传] 指杨继盛《请罢马市疏》《请诛贼臣疏》等三次上疏嘉靖皇帝事。

[一官归去] 指作者自己辞官归里。江春霖于宣统二年（1910）参劾庆亲王奕劻，反遭谕旨斥责，被逐出都察院，遂辞职还乡。在此联寄托了他对自己遭遇的愤懑。

其身世系中夏存亡，千秋享庙，死重泰山，当时乃蒙大难；

闻鼙鼓思东辽将帅，一夫当关，隐若敌国，何处更得先生？

——康有为题袁崇焕庙联

作者简介

康有为（1858—1927），原名祖诒，字广厦，号长素，广东南海人。近代维新派领袖，曾组织"公车上书"，推动戊戌变法，失败后流亡海外。辛亥革命后成为保皇党首领。著有《新学伪经考》《孔子改制考》等。

题解

袁崇焕庙在龙潭湖公园北门,门首悬康有为所书匾额"袁督师庙"。袁崇焕(1584—1630),字元素,广西藤县人,祖籍广东东莞,万历四十七年(1619)进士,累官至按察使、兵部尚书,兼右副都御史,督师蓟辽。崇祯二年(1629),清军攻至北京,袁督师星夜驰援,战于广渠门,背城血战。清军不得取胜,施反间计,诬袁私通清军,引敌协和。崇祯误信,袁崇焕被下狱,凌迟而死。袁崇焕以一己之力率军抵御清兵入关,忠心耿耿,却为朝廷所怀疑,蒙受不白之冤,遭受大难。后来清军长驱直入之时,国难思忠臣,已不可得,能不令后人感慨系之!因此,袁崇焕庙中的楹联,大多表达这种亲者痛仇者快、忠臣蒙冤受屈的感慨。

康有为还为位于东城区东花市斜街的袁崇焕祠题了另一副楹联:"自坏长城慨古今;永留毅魄壮山河。"痛惜明朝廷自毁长城、遗恨千古,敬仰袁崇焕的英魂毅魄气壮山河,永垂后世,也是抒发这种悲慨壮烈的情怀。

简注

[中夏] 中国。

[千秋享庙] 千秋万代享祀于庙堂,为后人铭记。

[鼙(pí)鼓] 军中战鼓。

[隐若敌国] 其威重可以与一个国家相匹敌。

此地可停骖，剪烛西窗，偶论故乡风景，剑阁雄，峨嵋秀，巴江曲，锦水清涟，不尽名山大川俱来眼底；

入京思献策，扬鞭北道，难忘先哲典型，相如赋，太白诗，东坡文，升庵科第，行见佳人才子又到长安。

——李调元题四川会馆联

作者简介

李调元（1734—1802），字羹堂、赞庵、鹤洲，号雨村、童山蠢翁，绵州（治今四川绵阳）人。清代诗人、学者、戏曲理论家。著有《童山诗集》《雨村曲话》《雨村剧话》等。

题解

　　四川会馆在骡马市大街北面四川营胡同。相传,明崇祯年间四川女将秦良玉奉诏勤王,曾驻兵于此。民国时期,四川会馆大门还挂着匾,上书"蜀女界伟人秦良玉驻兵遗址"。

　　上联写客居京城的川人在会馆相聚,谈论故乡名山大川,共话乡谊;下联写四川士子满怀经纶,追踪先贤文章功业,期待在京城大展宏图。联语特别符合会馆会聚同乡、连接京城与地方的特点,用典自然,节奏明快,气势爽利。

简注

[骖(cān)] 古代指驾在车辕两旁的马。此指马车。

[剪烛西窗] 语出李商隐《夜雨寄北》诗:"何当共剪西窗烛,却话巴山夜雨时。"

[巴江曲] 据《三巴记》记载,阆、白二水,南流曲折如"巴"字,巴江由此得名。

[相如赋] 西汉文人司马相如,蜀郡成都人,善写大赋。代表作有《上林赋》《子虚赋》等。

[太白] 唐代大诗人李白,字太白,祖籍陇西,出生于蜀郡,一说出生于西域碎叶。

[东坡] 宋代大文豪苏轼,号东坡居士,四川眉山人。

[升庵科第] 明代名士杨慎,号升庵,四川新都人。明正德六年(1511)殿试第一名。

二千里远行江淮，凡甲乙科同在中朝，皆敦乡谊；
尺五天近临韦杜，当己未岁重新上馆，更启人文。
——阮元题京师扬州会馆联

作者简介

阮元（1764—1849），字伯元，号芸台，江苏仪征人。乾隆五十四年（1789）进士，先后在礼部、兵部等供职，出任山东、浙江学政，曾历任浙江、江西、河南巡抚及湖广总督、两广总督、云贵总督等要职。所至之处，提倡学术，振兴文教，勤于军政。官至体仁阁大学士，加太傅，卒谥文达。清代著名学者，扬州学派代表人物，主持校刻《十三经注疏》，著有《揅经室文集》等。

题解

京师扬州会馆位于宣武门外广安门内,始建于乾隆初年,嘉庆四年(1799)由阮元、郑鉴元等捐资重修。1992年菜市口大街扩建后不存。

此联写江淮子弟远行两千里来到京师,不管科第高低同在朝廷为官,居于会馆皆能增进同乡情谊。扬州会馆位处北京城南天子脚下,嘉庆四年重修开馆,更能促进礼乐教化之功。

简注

[甲乙科] 指选拔人才的次第。《晋书·儒林传》:"创甲乙之科,擢贤良之举。"明清称进士为甲科,举人为乙科。

[中朝] 即朝廷、朝中。

[敦乡谊] 敦睦乡谊,增进同乡情谊。

[韦杜] 唐时长安城南有韦氏、杜氏,累世显贵,时称"韦杜"。当时民间谚语曰:"城南韦杜,去天尺五。"

[己未] 嘉庆四年,扬州会馆重建新馆。

[上馆] 此馆原为仪征、江都、甘泉三县旅京人士所居,称为上馆。后因其他县人不满,改称老馆,而另建新馆。

[人文] 礼乐教化。

江山万里横天下；

杞梓千章贡上都。

——左宗棠题京师湖广会馆联

作者简介

左宗棠（1812—1885），字季高，湖南湘阴人。道光年间，举人出身，后随骆秉章、曾国藩抵抗太平军，成为湘军重要首领。后历官浙江巡抚、闽浙总督、陕甘总督。光绪元年（1875），任钦差大臣督办新疆军务，讨伐阿古柏，收复失地。后任军机大臣，调两江总督，是清末洋务派代表人物。著有《左文襄公全集》等。

题解

道光《重修湖广会馆碑记》提及嘉庆时创议公建湖广会馆,"所以联南北乡谊"。后来在曾国藩的大力支持下,湖广会馆成为湖南、湖北进京应试举人会集的场所。清末很多重臣名士都在湖广会馆内留下了足迹。馆内存放着曾国藩、胡林翼等人的封爵匾以及刘子庄、黄自元等三十余人的状元、榜眼、探花、传胪等令人炫目的匾额,承载了湖广籍官员的荣耀,也见证了湖广会馆的辉煌。

上联写国家天下一统,疆域纵横万里;下联写荆楚才子会聚京城,为国家效力。联语境界阔大,气势不凡。

简注

[杞梓] 杞树、梓树是两种优质木材,多用来比喻优秀的人才。出自《国语·楚语上》:"晋卿不若楚,其大夫则贤。其大夫皆卿才也。若杞梓、皮革焉,楚实遗之,虽楚有材,不能用也。"

[千章] 千株大树。《史记·货殖列传》:"水居千石鱼陂,山居千章之材。"

[上都] 指京城、京都。

依然平地楼台,往事无忘宣榭警;
犹值来朝车马,清时喜赋柏梁篇。

——李鸿章题京师安徽会馆联

作者简介

李鸿章(1823—1901),字少荃,安徽合肥人,清道光二十七年(1847)进士。官至直隶总督,兼北洋通商大臣。清末淮军首领,洋务派领袖。今存《李文忠公全集》。

题解

安徽会馆在西城区椿树街道后孙公园胡同。始建于同治七年(1868)。光绪十五年（1889）因邻院失火延及会馆，焚烧殆尽。李鸿章在以孙家鼐为首的皖省官员相助之下，重修安徽会馆。此联就是重修之后所题，一方面感叹重振安徽会馆，楼台再起，车马如昔，诗酒酬唱，恢复往日盛景；另一方面敬告同仁不能忘记曾遭火灾的警示，体现了作者恭谨自省的精神。

简注

[宣榭警] 周宣王庙曾遭火灾，故称宣榭警。见《春秋·宣公十六年》："夏，成周宣榭火。"这里指安徽会馆曾遭火灾。

[柏梁篇] 指七言诗体的一种。相传汉武帝在长安柏梁台和群臣联句，共赋七言诗，每句用韵，一句一意，世称柏梁体。

结庐挹退谷风流,胜迹重新,应续春明梦余录;
把酒话皖公山色,乡心遥寄,难忘江上大观亭。
——赵继元题安徽会馆联

作者简介

赵继元(1828—1897),字梓芳,号养斋,赵文楷孙,李鸿章妻兄。同治七年(1868)进士,官至江宁特用道,节制督标,加按察使衔,卒赠光禄寺卿。能诗善文,尤以书法著称。

题解

上联紧扣孙承泽与孙公园写起，既交代了安徽会馆原址的深厚历史文化底蕴，又蕴含对皖人续写前贤辉煌的寄托与希冀；下联则自然而然地从京城回写故里，表达把酒临风、遥寄乡思的情怀，皖山潜水风物，尽入眼底，最后以大观亭这一安徽省城安庆的代表性建筑落笔，点出设立安徽会馆，会聚同乡遥寄山色乡心的宗旨。

简注

[挹（yì）退谷] 挹，牵、拉。郭璞《游仙》诗有"左挹浮丘袖，右拍洪崖肩"句。"退谷"指孙承泽，他在明清两朝为官多年，后隐居西山樱桃沟，号退谷，此地原为其城内的宅院——孙公园。这里说"挹退谷"有敬慕前贤的意思。

[春明梦余录] 孙承泽所撰《春明梦余录》，是一部以记载明代典章制度为主的，似政书又似方志的北京古籍文献。

[皖公山] 即天柱山，在今安徽安庆，一名皖山。安徽简称"皖"，由此得名。李白诗作有《江上望皖公山》。

[大观亭] 安徽安庆名胜。清代吴汝纶《游大观亭故址记》曰："余幼即知大观亭为皖城名胜之区，长而闻名贤登是亭者多吊余忠宣之墓，又意亭之所以名附余公而名也，独恨未得一睹其胜。"

安、庐、凤、颍、徽、宁、池、太，滁、和、广、六、泗，八府五州，良士于于来日下；

金、石、丝、竹、匏、土、革、木，宫、商、角、徵、羽，五音八律，新声袅袅入云中。

——佚名，安徽会馆戏台联

题解

上联写安徽八府五州地方才俊之士会聚京城，下联写五音八律和谐余音袅袅，紧扣安徽、戏台撰联，对仗严整，题旨妥帖，也是一副佳对妙联。

以安徽籍（特别是安庆地区）艺人为主的三庆、四喜、和春、春台各擅胜场的四大徽班，在乾隆年间活跃于北京剧坛，这是京剧的形成和发展过程中的一个里程碑事件。

简注

[安、庐、凤、颍、徽、宁、池、太] 安徽旧置的八个府名。即安庆、庐州（今合肥市）、凤阳、颍州（今阜阳市）、徽州、宁国、池州、太平（今马鞍山市）八个府。

[滁、和、广、六、泗] 安徽旧置的五个州名，即滁州、和州（今和县）、广德、六安、泗州（今泗县）五州。

[良士] 贤良之士。

[于于] 行动舒缓自得。

[日下] 京都。

[金、石、丝、竹、匏、土、革、木] 古乐器，分别对应金钟、石磬、琴、箫管、笙竽、土埙、革鼓、柷敔这几类乐器。

[宫、商、角、徵、羽] 古代的五音。

二百年来全盛日,况此地水陆所凑,自是名区,鼖乎鼓之,轩乎舞之,任抗节高歌,莫辜负城中丝管;

三千里外远游人,幸诸君晨夕过从,宛然同井,有酒湑我,无酒酤我,把离情别思,都付与汾上楼船。

——佚名,山西会馆联

题解

明朝时期北京的山西会馆有五所，山西人在京城的会馆极盛时有五十家左右，不少会馆具有鲜明的行业色彩，在整个北京的商事行业中举足轻重。北京现存山西会馆中，最有名的是阳平会馆的戏楼，这座戏楼，与正乙祠、湖广会馆、安徽会馆戏楼并称为"四大戏楼"。

本楹联既写出了山西同乡会聚京师、共赏歌舞的豪情欢乐，又表达了远离故土的思乡之苦与相互劝慰的同乡情谊，情感真挚，意味深长，文字豪纵，读之有酣畅淋漓之感。此联究竟悬于何处，尚待考证。

简注

[水陆所凑] 指水路、陆路交通汇聚的地方。

[夔（chāng）乎鼓之，轩乎舞之] 出自先秦古歌《卿云歌》："夔乎鼓之，轩乎舞之。"意思是鼓声动听，舞姿轻盈曼妙。

[有酒湑（xǔ）我，无酒酤我] 出自《诗经·小雅·伐木》，意为有酒滤清让我畅饮，没酒快买助我兴酣，表达宾主之间和睦快乐的氛围。

贤者亦乐此；
卓尔末由从。
——佚名，董诰族亲厅堂联

题解

董诰（1740—1818），字雅伦，号蔗林，浙江（今杭州市富阳区）人，生于顺天府（今北京），清代大臣、书画家。工部尚书董邦达长子，与其父有"大小董"之称。乾隆二十九年（1764）进士。历事乾隆、嘉庆两朝，入直军机处近四十年。董诰精书法，善绘画，通晓军事。董诰死后，嘉庆帝亲临祭奠，写哀诗"只有文章传子侄，绝无货币置田庄"，并亲自拨款建立"董公祠"。梁章钜《楹联丛话》记载：

> 董文恭公（董诰）有族人某居京师者，厅事悬一旧人所书联云："贤者亦乐此；卓尔末由从。"其字甚雄伟，宝之二十余年矣。一日纪文达师偶过之，诧曰："此联殆不可挂也。"某诘其故，师曰："上联首著'贤'字，下联首著'卓'字，非君家遥遥两华胄耶！"某始爽然撤去。

此联语上下两句均出自儒家经典，指贤者乐境，卓然不可企及，内涵丰富，意旨深远。此联为清代名臣董诰同族所宝藏，但是纪昀点出上下联首字"贤""卓"容易让人联想到历史上两个声名狼藉的董氏名人，甚为不妥。董贤，为西汉哀帝宠臣，所谓"断袖之癖"的典故即出自哀帝与董贤之关系。董卓，东汉末年权臣，废少帝，立献帝，权倾朝野，为袁绍、孙坚、曹操等关东联军讨伐败走长安，后司徒王允设反间计挑拨吕布杀死董卓。

简注

［贤者亦乐此］出自《孟子·梁惠王上》。孟子见梁惠王，王立于沼上，顾鸿雁麋鹿，曰："贤者亦乐此乎？"

［卓尔末由从］出自《论语·子罕》："颜渊喟然叹曰：'仰之弥高，钻之弥坚；瞻之在前，忽焉在后。夫子循循然善诱人，博我以文，约我以礼，欲罢不能。既竭吾才，如有所立尔。虽欲从之，末由也已！'"

丁韪良在京寓所厅堂联:
"尚论情深容窃比;清修道合悟真如。"

只以菊花为性命；

本来松雪是神仙。

——刘凤诰题赵象庵宅联

作者简介

刘凤诰（1761—1830），字丞牧，号金门，江西萍乡人。清乾隆五十四年（1789）进士。曾任吏、户、礼、兵四部侍郎，湖北、山东、江南主考官，广西、山东、浙江学政。

题解

梁章钜《楹联丛话》载，宣武门外上斜街赵象庵舍人家，菊花最盛，自号菊隐。一日，刘凤诰随一些同朝京官借该园亭赏菊。酒阑人醺，主人赵象庵拿出纸张求刘凤诰为作一联，且希望是新作而非旧语。刘问主人有什么爱好，答云："无他好，惟爱菊如性命耳。"刘凤诰信手书写："只以菊花为性命。"还缺少对语，又问主人姓什么，答云："姓赵。"于是他一挥而就云："本来松雪是神仙。"众人皆赞叹刘凤诰敏捷的才情。

此联之所以为人称赏，一则是以直白语言写出主人雅爱菊花的意趣，二则语带双关，暗扣赵氏前代名人赵孟頫的松雪神韵，写其神仙风采，极为巧妙。

简注

[松雪] 宋末元初著名书画大家赵孟頫，号松雪道人。此处松雪既是点明赵孟頫之名号，又与菊花对比，写出主人傲然遗世的松雪精神。

草堂小秀野；

花市下斜街。

——沈瑜庆题小秀野堂联

作者简介

沈瑜庆（1858—1918），字爱苍，号涛园，福建侯官（今福州）人，沈葆桢四子，官至贵州巡抚。

题解

清末诗人陈衍曾居于宣武门外上斜街三忠祠内,此院内曾有清初词人顾贞观(1637—1714)故居小秀野堂。清代中后期大臣祁寯藻(1793—1866)旧居下斜街四眼井,因地近小秀野,且下斜街有花市,曾自占一联云:"草堂小秀野;花市下斜街。"并请何绍基(1799—1873)以篆书题写,悬于壁间。陈衍居三忠祠时,以为此联系何氏为小秀野所题,故请沈瑜庆(1858—1918)重题此联。该作上联点明顾贞观故居小秀野堂,下联写宅院所处的下斜街以及当时著名的花会庙市。字字紧扣实地实物,但又借草堂、花市写出如诗如画的意境,"小""下"二字用得摇曳生姿,可谓妙趣天成,诗意隽永。

稍早于陈氏的黄体芳(1832—1899)也居住在花市,每天从家去衙门上下班要经过达智桥的松筠庵,于是自撰门联:"卜居雅近评花市;入直常过谏草庐。"联语表达了对杨继盛的尊敬,也是他追求正义的自勉自励。

门庭香且宝；
家道泰而昌。
——佚名，梅巧玲故居门联

题解

梅巧玲（1842—1882）故居，也即梅兰芳祖居，在铁树斜街中段路北。此联系该宅第一道门的门联，门楣上书"吉祥"。

门联的意思是说，家庭环境美好，财富丰盈，家族平安和谐，家业昌盛，体现了对家族繁荣发达的希望和期盼。

内二道门门面黑底金字联为："福门吉祥财运好；富贵宝地风水高。"门楣上书"如意"，也是一般家宅表达美好祈愿常用的门联风格。

英杰腰间三尺剑；
秀士腹内五车书。
——佚名，谭鑫培故居门联

题解

"伶界大王，内廷供奉"的谭鑫培（1847—1917）出身京剧世家，家在宣武门外大外廊营，谭家的堂号"英秀堂"，其门联，上下联的头一个字分别是"英""秀"，至于"三尺剑"和"五车书"，有侠气，有儒风，暗含"文武老生"之意。沙立功先生认为，此联反映了这个京剧世家对自己事业的领悟和对自身在艺术上的要求。谭鑫培死后葬于戒台寺栗园庄墓地，界桩上也刻着"英秀堂"。

简注

[三尺剑] 古剑长凡三尺，故称。《史记·高祖本纪》："吾以布衣提三尺剑取天下，此非天命乎。"杜甫《重经昭陵》诗："风尘三尺剑，社稷一戎衣。"

[五车书] 形容读书多，学问渊博。《庄子·天下》："惠施多方，其书五车。"辛弃疾《水调歌头·和赵景明知县韵》："五车书，千石饮，百篇才。"

扪心只有天堪恃；
知足当为世所容。
——林纾自撰旧居门联

作者简介

林纾（1852—1924），字琴南，号畏庐，别署冷红生。福建闽县（今福州）人。光绪举人。曾执教于京师大学堂。近代古文大家，后依他人口述，用古文译外国小说170余种，影响极大，与严复并称"严林"。有《春觉斋联句》《畏庐文集》等。

题解

林纾旧居在永光寺街。

此联意为：扪心自问，无所愧怍，天地足可凭恃；知足常乐，不趋名利，当能为世人所包容。联语表达的是修己自持、达观自足的人生态度与智慧。

万卷编成群玉府；

一生修到大罗天。

——梁同书题阅微草堂联

作者简介

梁同书（1723—1815），字元颖，号山舟，晚年自署不翁、新吾长翁，钱塘人。大学士梁诗正之子，家学渊源，习书六十余年，久负盛名，所书碑刻极多，著有《频罗庵遗集》《频罗庵论书》等。

题解

纪晓岚的故居——阅微草堂,在西城区虎坊桥东北角、珠市口西大街241号。纪晓岚前后在这里居住了62年,撰写了一部有重要影响的文言小说集——《阅微草堂笔记》。

梁同书此联抓住纪晓岚编撰《四库全书》这最辉煌的业绩,极言此举嘉惠学林,功德无量。

另,广为流传的"书似青山常乱叠;灯如红豆最相思",也常常被冠为纪昀自题书斋联。而梁绍壬《两般秋雨庵随笔》则记作葛庆曾书斋联,上联是葛庆曾自撰,下联系许乃普所对,语极清新,吐属风流。

简注

[群玉府] 传说中古帝王藏书处,出自《穆天子传》:"群玉之山……先王之所谓策府。"徐陵《陈文皇帝哀册文》:"叶大雅于鸣金,同藏书于群玉。"

[大罗天] 参名胜园林楹联"乾隆题团城承光殿联"。

一庭芳草围新绿；
十亩藤花落古香。
——倪国琏题吕家藤花联

作者简介

倪国琏（？—1743），字子珍，一字西昆，号穗畴，钱塘人。雍正八年（1730）进士，入翰林院，官至给事中。能琴，工书，善画山水。

题解

给孤寺吕氏藤花被纪昀《阅微草堂笔记》称为"京师花木最古者",多有名人题咏。清人戴璐《藤阴杂记》卷十云:"万善给孤寺东吕家藤花,刻'元大德四年'字。倪给谏国琏联句:'一庭芳草围新绿;十亩藤花落古香。'商宝意诗:'万善寺旁吕氏宅,满架古藤翠如织。铁干谁镌大德年,模糊辨是元朝植。'今屡易其主,藤尚无恙。"

此联以芳草对藤花,以新绿衬古香,形象鲜明,音节协畅,写出了庭院清幽的自然环境,"围""落"两字用得极有神韵。

何必开门，明月自然来入室；
不须会友，古人无数是同心。
——何绍基自题联

作者简介

何绍基（1799—1873），字子贞，号东洲，湖南道州（今道县）人。道光十六年（1836）进士。选庶吉士，授翰林院编修。历充国史馆提调，武英殿协修、纂修、总纂。典福建、贵州、广东乡试，皆称得士。咸丰二年（1852），特简四川学政。其学深于诸经注疏、《说文》考证。

题解

此联是何绍基的一副自题联，表达了作者与明月同心，与古人尚友的心志。据传此联为北京湖南会馆藏品，曾经悬挂于湖南会馆的风雨怀人馆。

简注

[明月入室] 唐人唐彦谦《樊登见寄四首》："明月入我室，天风吹我袍。"

[古人同心] 白居易《喜雨》："所以圣与贤，同心调玉烛。"乾隆《洗桐》："古人有同心，揭忆倪高士。"

远富近贫,以礼相交天下少;

疏亲慢友,因财而散世间多。

——鄂比赠曹雪芹联

作者简介

鄂比,生卒年不详,满洲正白旗人,曹雪芹的好友。

题解

此联文字排列为菱形，题写于墙上，最后有三字"真不错"，1971年在香山卧佛寺东北黄叶村民居被发现。如今此处为曹雪芹纪念馆。据说这是好友鄂比赠送给曹雪芹的对联。一作："远富近贫，以礼相交天下有；疏亲慢友，因财绝义世间多。"

此联称颂曹雪芹对朋友以礼结交的情谊天下少有，人世间多的是疏远亲友、嫌贫爱富之徒。文字直白，但写出了世态炎凉，以反衬曹雪芹的孤高。

百部风清，揽铜柱高标，定有英魂栖大树；
九重雨泣，痛玉关乍入，不留生面画凌烟。
——严保庸挽玉麟联

作者简介

严保庸（1796—1854），字伯常，号问樵。江苏丹徒人。道光九年（1829）进士，入翰林。清代戏曲家、学者，善诗联画，著有《问樵集》等。

题解

玉麟（1766—1833），哈达纳喇氏，字子振，号研农，满洲正黄旗人。乾隆六十年（1795）进士。嘉庆时任至礼、吏、兵部尚书。纂修《实录》，典会试。道光四年（1824）命在军机大臣上行走。九年（1829）出任伊犁将军，处理回乱善后之事，多有建树，十三年（1833）奉命回京，途中病逝。梁章钜《楹联三话》记载："九重震悼，敕绘像紫光阁。饰终之典，备极哀荣。"

严保庸的挽联紧扣玉麟安定回部的平生业绩来写，痛悼其功成而猝然去世。其气壮烈，悲而不哀。

简注

[百部] 指回疆多个部落。

[铜柱] 此处用东汉名将马援平定交趾的典故。据晋顾微《广州记》记载："援到交趾，立铜柱，为汉之极界也。"

[栖大树] 以东汉冯异典故称赞玉麟立大功而不自傲。《后汉书·冯异传》："每所止舍，诸将并坐论功，异常独屏树下，军中号曰'大树将军'。"

[九重] 此处指皇帝。

[凌烟] 唐太宗为表彰功臣，建凌烟阁绘功臣图像藏于其中。此处指玉麟不幸病逝于回京途中，道光帝痛惜而下诏绘像紫光阁。然据《清宣宗实录》卷一百三十六，玉麟绘像紫光阁在道光八年，梁说似不确。

谣风遍万国九州，无非是骂；
昭雪在千秋百世，不得而知。

——谭继洵挽谭嗣同联

作者简介

谭继洵（1823—1901），湖南浏阳人，咸丰十年（1860）进士，官至湖北巡抚兼署湖广总督。因其子谭嗣同参与戊戌变法受株连罢官，后卒于浏阳。

题解

戊戌变法失败，康梁逃亡海外，以谭嗣同为首的"六君子"慷慨赴难，为变法勇于流血以唤起国人。此联感叹爱子赴死，愚昧的国人不能了解其忠勇，以致谣言、唾骂遍于神州。深信谭嗣同的爱国之志必然能够为后人所知和敬仰，但何时能昭雪冤屈又不得而知。谭继洵身为父亲，有丧子之痛，作为清廷官员，又不得不强自隐忍，内心悲痛忧愤令人哀叹，复杂情感委曲尽之。

简注

［谣风］谣言风传。

［九州］上古中国分为九州，最早出现在先秦时期典籍《尚书·禹贡》中，后多以九州指中国。

［昭雪］洗雪冤屈，恢复名誉。

老北京商铺店面牌楼

五行八作楹联

《唐土名胜图会》中的查楼，舞台联曰："一声占尽秋江月；万舞齐开春树花。"

北京城的商业文化源远流长，五行八作的老字号往往以楹联宣扬经营理念，招徕顾客，以广其传。这是楹联中最富有生活气息的一部分。

《朝市丛载》《都门汇纂》等书中就记载了一些行业对联，反映出清代晚期京城商业的兴隆，"都中对联之佳者，美不胜收。惟嵌以字号、堂名、地名者载入"，如樱桃斜街饭庄东麟堂有"东方献寿，麟笔书春"联，既切饭庄之实，又切新正之时，又以嵌字法切字号，前人认为"句法现成，故佳"。

这部分12副楹联，大致按照题写者生年排序，老字号包括荣宝斋、同仁堂、和春部戏馆、查楼、同乐轩、王致和、一得阁、广和居、谦祥益等。

软红不到藤萝外；

嫩绿新添几案前。

——高其佩题荣宝斋联

作者简介

高其佩（1660—1734），字韦之，号且园，辽宁铁岭人，清代著名画家，以指画闻名。画人物、山水、花鸟、鱼虫、鸟兽，天资超迈，情奇逸趣，信手而得。又能诗，有《且园诗钞》。

题解

荣宝斋是琉璃厂文化传统的重要体现，此联写其虽处市井之中但仍闹中取静，藤萝嫩绿更添文人雅趣。

除此联外，清代诗人黎简借用陆游诗句所题"重帘不卷留香久；古砚微凹聚墨多"一联，也颇为符合荣宝斋专营文房书画的历史渊源与文化品味。

简注

[软红] 即软红尘。此处指繁华的闹市。

[几案] 古代的书案。

炮制虽繁,必不敢省人工;

品味虽贵,必不敢减物力。

——乐凤鸣撰同仁堂联

作者简介

乐凤鸣,字梧岗,京师顺天府人,同仁堂创始者乐显扬第三子。恪守父训,接续祖业,于康熙四十一年(1702)在北京前门外大栅栏路南开设同仁堂药铺。

题解

此联的内容，最早见于1706年同仁堂药店创始人乐凤鸣编写的《同仁堂药目叙》，是同仁堂恪守至今的古训，也是同仁堂店铺最著名的门联。该叙载："先君……尝语人曰：古方无不效之理，因修合未工，品味不正，故不能应症耳。平日汲汲济世，兢兢小心，凡所用丸散，无不依方炮制，取效有年。……予……虽不能承继先人万一，而至于遵肘后、辨地产，炮制虽繁必不敢省人工，品味虽贵必不敢减物力，可以质鬼神，可以应病症，庶无忝先君之志也。"

此联意为：无论制作过程多么繁琐、工艺多么复杂，为确保疗效显著，不敢有半点懈怠而节省步骤；不论中药配方的成本多么高昂、药材多么稀缺，为出中药珍品，不敢有半点吝惜而减省物料。这是以同仁堂为代表的北京老字号以诚信为本的经营理念的体现。

简注

[炮制] 中国传统的中药制作方法。指用烘、炮、炒、洗、泡、漂、蒸、煮等方法加工中草药，目的是消除或减低药物的毒性，使药物纯净，加强疗效，便于制剂和贮藏。

三市金银气；

五侯车马尘。

——鲍珍撰京城庙市联

作者简介

鲍珍（1690—1748），字冠亭，一字西冈，山西应州人，隶汉军正红旗。历官长兴知县、嘉兴府海防同知。任事精密，不媚上官，喜与寒士交游。生平无日无诗，有《道腴堂全集》传世。

题解

戴璐《藤阴杂记》中最早记载此联,京城三大著名庙市货品丰富金银耀目,豪门权贵络绎不绝,写出了京城商业繁华之胜。梁章钜《楹联三话》所记与此稍有不同,为"三市金银器;五侯车马尘"。作"气"字似乎更好。《京都竹枝词》有"东西两庙货真全,一日能消百万钱。多少贵人闲至此,衣香犹带御炉烟"的句子,与此差可比拟。

简注

[三市] 清代以来,隆福寺与护国寺是京城最大的两处定期庙会,在此之前都城隍庙也是内城有影响的庙会,合称"三市"。也有认为三市是指隆福寺、护国寺和土地庙斜街庙市。

[五侯] 最早指公、侯、伯、子、男五等爵位。后泛指豪门权贵。

相逢尽是弹冠客；
此去应无搔首人。
　　——董邦达题剃发店联

作者简介

董邦达（1696—1769），清代书画家，浙江富阳人。雍正十一年（1733）进士，曾任工部尚书、礼部尚书，谥文恪。好书画，篆隶得古法，以山水画闻名，远师"元四家"，近学"清初四王"。

题解

据梁章钜《楹联续话》记载,董邦达未中第时游京师,生活困顿,偶于剃发店中书此联,某亲王大加叹赏,延请入府,遂以书画闻名京师。此联既紧扣剃发技艺,体现行业特点,表达剃发之后的轻松舒适,又蕴含着祈愿客人仕途发达的意思,通俗平易,颇有意思。比之一狂士为剃发店所撰之联,效果不啻千里。狂士所书云:"磨厉以须,问天下头颅几许;及锋而试,看老夫手段如何?"语词凌厉,出人意表。但效果不佳,数日之间,顾客皆裹足不前,其店顿闭。

清末题剃发店的著名楹联还有不少,《楹联丛话》中记载有"虽然毫末技艺;却是顶上工夫"一联,也是语涉双关,构思精巧。

简注

[弹冠] 一语双关。既指弹去帽子上的灰尘,又寓做官之意。北齐颜之推《古意》诗有"十五好诗书,二十弹冠仕"的句子。

[搔首] 字面意思是剃发后清爽舒服,无须搔首。但古人往往以搔首表示局促无奈之意,引申指抱负未展的苦闷。所以这里也是双关的用法。

和声鸣盛世；

春色满皇州。

——张问陶题京师和春部戏馆门联

作者简介

张问陶（1764—1814），字仲冶，号船山，四川遂宁人，清代著名诗人、书画家。乾隆五十五年（1790）进士，曾任翰林院检讨、吏部郎中、山东莱州知府等职，后辞官寓居苏州，著有《船山诗草》。

题解

据梁章钜《楹联续话》,此联为张问陶所撰。

上联出自韩愈《送孟东野序》:"天将和其声而使鸣国家之盛。"下联出自南北朝谢朓《和徐都曹出新亭渚》诗:"宛洛佳遨游,春色满皇州。"上下联首字又分别嵌"和""春"二字,非常巧妙。古代戏班戏台多有类似联语,其意是以音乐歌舞赞颂盛世,呈现承平气象。此联天然庄丽,简洁之中蕴集万千。

一声占尽秋江月；
万舞齐开春树花。
——佚名，查楼戏台联

题解

查楼甚为有名,建于明代末年,为查氏家族戏楼,清康熙年间改为著名的广和楼。日本人冈田玉山等编绘的《唐土名胜图会》中就专门描绘了查楼观戏的热闹繁华,反映的是嘉庆年间广和查楼演出时的热闹景象。

上联出自唐刘禹锡《武昌老人说笛歌》:"曾将黄鹤楼上吹,一声占尽秋江月。"下联出自明张含《读亡友何仲默无题诗继作》:"双歌共醉瑶池酒,万舞齐开玉树花。"联语写戏台之上音乐响遏行云,一曲笛声传遍秋江月下;舞姿美妙翩跹,远观宛如春树繁花。

广和楼作为京城长盛不衰的戏园,在老北京的社会生活中影响深远,有名的楹联还有:"学君臣,学父子,学夫妇,学朋友,汇千古忠孝节义重重演出,漫道逢场作戏;或富贵,或贫贱,或喜怒,或哀乐,将一时离合悲欢细细看来,管教拍案惊奇。"寥寥几笔,写出旧时戏园不仅有娱乐功能,也有教育功能,君臣伦理、社会道德、人世悲欢,都能于舞台粉墨之中映照现实,其意义不容小视。

作廿四史观,戏中人呼之欲出;
当三百篇读,弦外意悠然可思。
——佚名,京都同乐轩戏园联

题解

同乐轩始建于清代中叶,当时称茶园,以卖茶为主,辅以说书、唱戏、演曲艺。清末改称戏园,是大栅栏地区有名的戏园之一。

上联写戏台搬演二十四史故事,栩栩如生,生动呈现历史人物;下联写唱曲歌诗,弦外有音,兴起听众思古之幽情。可见古代戏园茶舍在娱乐之外,也能起到普及历史知识、敦俗教化的重要功能。

简注

[廿四史] 中国古代正史,始于《史记》《汉书》,至清乾隆时,《明史》定稿,下诏刊二十二史,又增《旧唐书》,从《永乐大典》中辑出薛居正《旧五代史》,合称"廿四史"。

[三百篇] 指《诗经》。《诗经》共三百零五篇,举其成数,称为"诗三百"。

把往事今朝重提起；
破工夫明日早些来。
——佚名，京师戏园联

题解

据梁章钜《楹联丛话》记载,清代京师戏园,每演一剧必分开数日才演完全本。此联联语出自戏文,紧扣戏园演戏特点,既写出戏台之上以精彩表演重现历史,又有手段吸引勾留观众明日再来。

类似不知名的戏园、戏台楹联,《楹联丛话》有多条记载,皆有趣味。比如有乡村戏台联云:"父老闲来消白昼;儿童归去话黄昏。"乡村百姓无论耄耋童稚,都是白日消闲,日暮方去,颇有山野淡泊之意兴。

又有一联曰:"或为君子小人,或为才子佳人,登场便见;有时欢天喜地,有时惊天动地,转眼皆空。"戏台之上有君子小人、才子佳人,展现人生百态,欢乐悲喜,转瞬即逝,写出戏如人生。词语质朴,明白如话,却蕴含深刻的道理。

简注

[把往事今朝重提起] 出自南戏《荆钗记·男祭》。

[破工夫明日早些来] 出自王实甫《西厢记》第四本第一折:"若小姐不弃小生,此情一心者,你是必破工夫明夜早些来。"

致君美味传千里；
和我天机养寸心。
酱配龙蹯调芍药；
园开鸡跖钟芙蓉。
——孙家鼐题王致和酱园联

作者简介

此联作者传为孙家鼐。孙家鼐（1827—1909），字燮臣，号蛰生，安徽寿州（治今寿县）人，曾任内阁学士、吏部尚书、京师大学堂首任管理学务大臣等。清咸丰九年（1859）状元，又是光绪帝师，有自作联："门生天子；天子门生。"（状元是天子门生，而他又是皇帝的老师。）

题解

致和酱园的创始人王致和是清代安徽举人，康熙八年（1669）进京参加科举考试落第，迫于生计，在京城经营豆腐生意，十七年（1678）在延寿寺街成立王致和南酱园，以臭豆腐为名品，声名鹊起，长盛不衰。

此联为藏头对，冠顶横读为"致和酱园"，构思颇为精巧。

简注

[龙蹯（fán）、鸡跖（zhí）] 蹯、跖，足掌。这里指稀有的美味。鸡跖，亦作"鸡蹠"，鸡足踵，古人视之为美味。何逊《七召》："六彝九鼎，百果千珍。熊蹯虎掌，鸡跖猩唇。"

[芍药、芙蓉] 两种很美的植物名，有食用价值，均可作酱。枚乘《七发》："熊蹯之胹，芍药之酱。"

一艺足供天下用；
得法多自古人书。
　　——谢崧岱自题一得阁联

作者简介

谢崧岱（1849—1898），湖南湘乡人，一得阁创始人。作为当时第一家制造墨汁的商铺，一得阁历经百余年发展，已成为京城著名的文房老字号。

题解

此联上下联首字分别嵌"一""得"二字,构思巧妙。联语意为一得阁技艺精湛,传承有自,惠泽天下文人。语意简洁明白,也体现出老字号的深厚底蕴。

十斗酒依金谷罚；
一盘春煮玉延肥。
——佚名，广和居联

题解

广和居是北京老字号餐馆，著名的"八大居"之一，看家菜是蒸山药，从清代以来得到何绍基、张之洞、樊增祥等名人的品题。据说广和居留有的文人饮宴之后题写的诗句和楹联之多，是京城所有其他餐馆难以企及的。此联为其中最有名的一副。

上联写饮酒赋诗，文采风流；下联写饮食美味，大快朵颐，非常契合广和居作为文人雅集聚会之处的特点。

简注

[金谷] 西晋石崇在金谷园宴饮，约定"遂各赋诗，以叙中怀，或不能者，罚酒三斗"。

[玉延] 山药的别名。宋代苏轼《和陶酬刘柴桑》诗："淇上白玉延，能复过此不。"自注："淇上出山药，一名玉延。"

谦光和蔼；

祥祉茵纭。

——佚名，谦祥益联

题解

老北京城著名的"八大祥"之一的谦祥益绸布庄,在今前门大街。

此联也是藏头联,将谦祥益的"谦""祥"分别嵌入上下联的首字,是商业店铺楹联的常见作法。联语表达了北京传统老字号的商业精神与美好祈愿,秉承谦虚待人、和气生财的经营之道,希望吉祥福祉充满人间。

简注

[谦光] 指尊者谦虚而显示其光明美德。出自《周易·象传·谦》:"谦,尊而光,卑而不可逾。"

[祥祉] 吉祥福祉。

[茵纭] 即"氤氲",形容云气弥漫的样子。

光绪年间茶园演剧图,舞台联曰:
"金榜为名虚欢乐;洞房花烛假姻缘。"

其他楹联

打鼓巷5号门联：
"花开吉祥地；鼓舞乐升平。"

楹联的类型极为丰富，涉及社会生活的方方面面，前面以楹联所附着的建筑、空间类别，分别介绍宫殿坛庙、名胜园林、寺观庵堂、名人古迹、五行八作等楹联，但还不足以涵盖老北京楹联的全部。尤其是一些普通人家的老门联，真正撰写年代大多难以确考，但鲜明反映了老北京的传统市井文化，是古都文化的重要内容。

门联是家风的具体呈现，从老北京城胡同宅第门联看，大多都是尊尚道德，崇扬文章，体现了深远的传统伦理与文化血脉。现存老北京胡同中的旧门联，大多采用雕凿的手艺刻在门板上，书体或隶或楷，少数篆书，法度严纯熟，体现出很高的艺术品性。今人沈继光《乡愁北京》做了难能可贵的摄影记录。如"传家有道惟存厚；处事无奇但率真"，"闲看城上月；遐想谷中兰"，"英华文苑富；古调世间稀"，"得志当为天下雨；缔交尚有古人风"，"林深陶令宅；花暗子云居"，等等，都很有代表性，崇德敦厚的同时，也注重个人情趣与精神追求的表达，可以看出老北京人源远流长的家风。

再比如"忠厚传家久；诗书继世长"，"忠厚培元气；诗书发异香"，都比较常见。尤其宣武大栅栏掌扇胡同（原张善家胡同）12号"绵世泽莫如为善；振家声还是读书"这一门联，老门上的对联曾经被有意地砸、凿、刮、涂，但从中我们可以看到历史传承的曲折与不易，也可以看到传统的倔强与不屈，有时消磨的痕迹反倒给后人丰富了记忆。

沙立功《刻在大门上的家风——北京门联集粹》不仅图文并茂地记录了诸多北京老门联，还分门别类详尽释读，功德无量。肖复兴《咫尺天涯》也有《北京老门联》一篇做专门介绍，对保存老北京门联助力颇多。

习近平总书记指出，千家万户都好，国家才能好，民族才能好。他强调，家庭是人生的第一个课堂，父母是孩子的第一任老师；有什么样的家教，就有什么样的人；家风是社会风气的重要组成部分。他尤其强调，领导干部的家风，不仅关系自己的家庭，而且关系党风政风。

本部分收楹联26副，首先是两副给皇帝祝寿的青词，内容没什么新鲜，但具体表现形式炫才弄巧，是楹联的一体；后面主体是老北京旧门联，寿财德和，寄寓着人们对美好生活的向往。

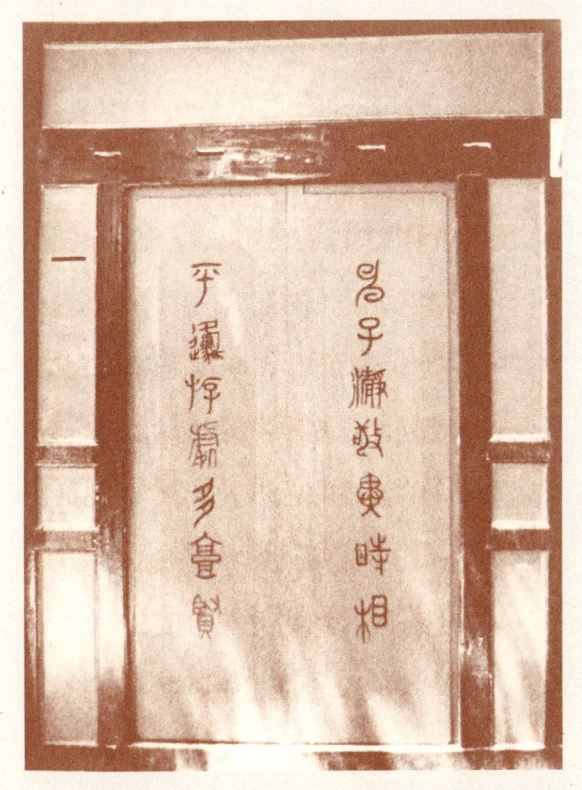

黄化门街45号门联，吴昌硕撰：
"申子静敬异时相；平远（原）好处多高贤。"

洛水玄龟初献瑞，阳数九，阴数九，九九八十一数，数通乎道，道合元始天尊，一诚有感；

岐山威凤两呈祥，雄声六，雌声六，六六三十六声，声闻于天，天生嘉靖皇帝，万寿无疆。

——王叔承撰嘉靖青词联

作者简介

王叔承（1537—1601），自号昆仑山人，吴江（今属江苏）人，明代诗人。

题解

沈德符《万历野获编》、钮琇《觚賸》都有关于此联的记载，《万历野获编》认为撰者为袁炜，《觚賸》认为撰者为王叔承，文字略有不同，这里采取梁章钜《楹联丛话》的观点，以《觚賸》所载为准。

王叔承初入京城，客居嘉靖内阁首辅李春芳所，当时嘉靖皇帝斋居西宫，建设醮坛，敕大臣制青词一联以悬于坛门。李春芳将王叔承所作进呈嘉靖，深得称赏。

此联之所以为嘉靖皇帝称赏，除文字华美之外，还因巧妙嵌入带有玄学色彩的神秘数字，称颂皇帝天纵神圣，统治圣明，天降祥瑞，万寿无疆，这是此类谄媚皇帝的青词等文字中惯用的手法。

简注

[洛水玄龟]《周易·系辞》："河出图，洛出书。"洛水玄龟指洛水神龟载书而出的祥瑞。

[元始天尊] 全称"玉清元始天尊"，也称元始天王，是道教"三清"尊神之一，地位为最尊。

[岐山威凤] 岐山指周朝的起源地。《诗经·大雅·卷阿》："凤皇鸣矣，于彼高冈。"岐山威凤也指出现的祥瑞。

八千为春，八千为秋，八方向化八风和，庆圣寿八旬逢八月；

五数合天，五数合地，五世同堂五福备，正昌期五十有五年。

——纪昀撰乾隆万寿联

作者简介

纪昀（1724—1805），字晓岚，号石云，直隶河间府献县（今属河北）人。乾隆十九年（1754）进士，历官礼部尚书、兵部尚书、协办大学士等职，《四库全书》总纂官。

题解

梁章钜《楹联丛话》记载，此联是乾隆五十五年（1790）八旬万寿之时，京中一经坛灯联，"相传是河间纪文达公（纪昀）手笔，盖信非吾师不能也"。

此联以数字入联，既恭祝乾隆八旬万寿之福，又称颂其五世同堂福泽长久，八方和谐统治昌明，既巧妙又典重。按照梁章钜的评价，所谓"极典丽，又极浑成，竟如天造地设者"。

简注

[八千为春，八千为秋] 出自《庄子·逍遥游》："上古有大椿者，以八千岁为春，八千岁为秋，此大年也。"以之颂扬乾隆皇帝长寿。

[五数合天，五数合地] 出自《周易·系辞》："天一、地二、天三、地四、天五、地六、天七、地八、天九、地十。天数五，地数五。"认为天地万物与数有着神秘的内在联系。

[昌期] 兴隆昌盛的时期。

万象晓归仁寿镜；

五云晴护吉祥花。

——佚名，长巷三条41号院门联

题解

上联出自唐人温庭筠诗《投翰林萧舍人》:"万象晓归仁寿镜,百花春隔景阳钟。"魏晋时,洛阳仁寿殿前有大方铜镜,意为帝王明察秋毫,所有社会动态、民间疾苦都可反映到朝廷。上联意为旭光照耀,万物皆映入仁寿镜,表达了对帝王心怀天下、关爱百姓的颂扬;下联则描写了祥云飘动、鲜花盛开的太平景象。

简注

[五云晴护] 出自明宣宗朱瞻基《花朝》诗:"五云晴护蓬莱岛,七彩缤纷动瑶草。凭高一览六合开,万象呈明春意好。"晴,本义是雨止云散、晴朗,这里引申作停止的意思。

登仁寿域；

纳福禄林。

——佚名，梁家西园胡同7号门联

题解

《魏书·萧衍传》曰:"运诸仁寿之域,纳于福禄之林。"仁寿,为仁者长寿;福禄,是人生所求。福、禄、寿三者俱全,是古人朴素的人生追求。

作家肖复兴提到,对联本身是有如此吉祥寓意的文字,门上却有明显的用刀斧砍劈的痕迹,不知它曾经发生过怎样的故事。而能够将这种岁月的痕迹一直保留至今,也能看出主人的胸襟和气度。

聚宝多流川不息；
泰阶平如日之升。
——佚名，钱市胡同10号门联

题解

钱市胡同位于北京前门大栅栏，系老北京最窄的胡同，全长50多米，平均宽长仅0.4米，因为珠宝市街是清代炉行即官家批准熔铸银锭的作坊最集中的地段，清朝官办的银钱交易大厅（简称"钱市"）就设在此处，民国后炉行萧条，钱市无市，改建成银号铺房。据《朝市丛载》记载："银钱市，在前门外珠宝市中间路西小胡同。"可以说是老北京的"金融街"。

此联意为财源广聚如川流不息，天下太平如日之升。除此联外，钱市胡同2号、4号、6号还有"增得山川千倍利；茂如松柏四时春"，"全球互市翰琛书；聚宝为堂裕货泉"，"万寿无疆逢泰运；聚财有道庆丰盈"等门联。这些门联都是藏头联，上下联的第一个字合起来就是店铺的字号，分别是"聚泰""增茂""全聚""万聚"，这些名字以及门联内容充分体现了银号、钱庄等金融业字号的特点。

简注

[泰阶] 即泰阶星，由六颗星组成，两两并排如台阶状，古时认为分别代表天子、诸侯、卿、大夫、士、庶人。泰阶星平正，天下大治，称为泰平，后来写作"太平"。

临财毋苟得；

择善贵能行。

——佚名，北河槽胡同门联

题解

河槽是元末所开的一段水道,乾隆时无水而为巷,后世沿用,其名不改。

据沈继光《乡愁北京》,原门联下联的最后两字已阙,换了普通木板,后经造访考证其最后二字为"能行"。此联也是表达主人的道德追求。面对财富,应得之有道,不求苟得;美德善行,不在表面文章,贵在实践。

简注

[临财毋苟得] 形容得财有道,不贪财。出自《礼记·曲礼上》:"临财毋苟得,临难毋苟免。"苟,苟且,随便。

[择善贵能行] 意为选择善事去做。出自唐代魏徵《十渐不克终疏》:"此直意在杜谏者之口,岂曰择善而行者乎?"

德门呈燕喜；
仁里灿龙光。
——佚名，南深沟好景胡同16号门联

题解

　　这一门联大致意为世德之家宴饮喜乐，福祉长远。邻里君子关系和睦，荣光夺目。沙立功先生解读说："主人认为自家是'德门'，是一个严于律己、品德高尚的家庭。而所居住的里弄或胡同内，又多是君子或君子式的朋友，因此这一带就'龙光'灿灿，充溢着君子之风了。"联语用词典雅，意思美好，反映了京城传统文化的源远流长与深厚隽永。

简注

[德门] 仁德人家。

[燕喜] 宴饮喜乐。出自《诗经·小雅·六月》："吉甫燕喜，既多受祉。"

[仁里] 仁者所居之地。出自《论语·里仁》："里仁为美。"

[龙光] 出自《诗经·小雅·蓼萧》："既见君子，为龙为光。"《毛传》解释说："龙，宠也。"光，荣光。

安且吉兮；
怀其德也。
——佚名，同乐胡同21号门联

题解

此门联内容古雅醇厚,院门却破败不堪,上下联最后一字都被钉了木板遮挡,不知经过何等沧桑变故,令人喟叹。

上联出自《诗经·唐风·无衣》:"岂曰无衣,七兮!不如子之衣,安且吉兮。"意思是说,虽然我有那么多衣服,但不如你亲自做的衣服,既舒适又好看。下联出自《尚书·君陈》:"敬哉!昔周公师保万民,民怀其德。"周成王教导周公之子君陈,说到周公当年辅政时呕心沥血,百姓感其恩德。如此厚重的辞句用在家宅的门联中,表达的是对先祖恩德的深切感怀与眷念。

修身如执玉；

积德胜遗金。

——佚名，万源夹道11号门联

题解

这副修身性质的门联文字典雅，对仗考究，传播很广。上联说要行为恭谨，使人品像无瑕的玉石，抵御各种侵扰、杂念；下联劝导人们积累德行才是造福子孙的最好办法，胜过为后代留下会招惹祸患的黄金白银。

简注

［执玉］手捧玉器。古人祭祀神明、朝见天子，举行隆重典礼时，多执玉以示敬，此处将"执玉"与"修身"联系起来，亦有笃敬之意。

［遗（wèi）金］留给子孙黄金。出自《汉书·韦贤传》："遗子黄金满籯，不如一经。"

松柏有本性；

瑾瑜发奇光。

——佚名，中毛家湾53号门联

题解

　　这是一副集句联。上联出自三国时"建安七子"之一刘桢诗《赠从弟》，下联出自东晋陶渊明诗《读山海经》。此联表达的意思是，勉励家族子弟要保持高行节操，像松柏一样坚贞自守；要坚持砥砺品德，如美玉琢磨一般熠熠发光。类似的门联还有"松柏有本性；龙鸾炳文章""芝兰君子性；松柏古人心"，等等。

日长金尊小；

身老布衣高。

——佚名，西栓（原栓马桩）胡同门联

题解

这本是大学者俞樾（1821—1907）所撰联语，并曾经用泰山经石峪所刻的《金刚经》字体来书写。该联因恬淡冲和，广受人们喜爱，很多四合院的门扉上都常常见到它。它的大致意思是说，岁月渐长，年华逝去，物质追求趋于平淡，但一介布衣精神世界仍然充盈，不坠高远之志，体现出一种质朴而隽永的生活境界。

简注

［金尊］也作金樽，酒樽的美称。李白《行路难》诗有"金樽清酒斗十千"名句。

润身思孔学；

德化仰尧天。

——佚名，苏罗卜胡同3号门联

题解

这副门联的意思是说,修身养性要遵循孔子学说,教化天下要仰望尧帝德行。

简注

[润身] 源出《大学》"富润屋,德润身",意思是以道德润泽心灵,修身养性。

[德化] 德行教化。

[尧天] 古人心目中太平盛世的代称。《论语·泰伯》云:"子曰:'大哉!尧之为君也。巍巍乎!唯天为大,唯尧则之。荡荡乎,民无能名焉!巍巍乎,其有成功也!焕乎,其有文章!'"

大乐同天地；
斯言贯古今。
——佚名，北河槽胡同门联

题解

此联大意为：天地和谐为世间至乐，进德修业的文化传统贯通古今。虽是普通人家门联，但气魄不凡。

简注

［大乐同天地］《礼记·乐记》提出"乐者，天地之和也"，"大乐与天地同和"的思想。和，和谐。

［斯言］指进德修业的文化传统。《诗经·大雅·抑》："白圭之玷，尚可磨也；斯言之玷，不可为也。"有成语三复斯言，出自《论语·先进》："南容三复《白圭》。"

为善最乐；
读书便佳。
——佚名，粉房琉璃街65号联

题解

上联"为善最乐",出自东汉光武帝刘秀之子刘苍所言,后来南宋朱熹对以"读书便佳",体现了传统文化中人格修养与事业追求中最重要的两个要素,因而为人称赏。晚清总理衙门客厅也曾悬挂该联(篆体)。这一门联老北京城中的家宅用得不少,沈继光摄影记录鸦儿(下狮子府)胡同也用了这一门联。

礼乐家声远；
诗书世泽长。
——佚名，三井胡同35号门联

题解

此联意为：遵循礼乐，能使家族声誉久远不坠，习读诗书，能使祖先恩泽世代延续绵长。这表达了对家族传承和祖先恩泽的尊重和怀念，是深厚的儒家传统文化的体现。

东壁图书府;

西园翰墨林。

——佚名,东南园胡同5号门联

题解

此联取自唐代张说诗歌《恩制赐食于丽正殿书院宴赋得林字》:"东壁图书府,西园翰墨林。诵诗闻国政,讲易见天心。"相近的还有冰窖斜街35号的"东壁图书;西园翰墨"。

门联使用正楷字体,端庄厚重,附近就是京城文化重地琉璃厂,门联内容既名副其实,也足够典雅大气。

简注

[东壁] 即二十八宿之壁宿,壁宿的主星官,由两颗星组成,因其在室宿之东,如室宿的墙壁,又称东壁。《晋书·天文志上》:"东壁二星,主文章,天下图书之秘府也。"后以"东壁图书"指皇家藏书。

[西园] 曹魏营建邺城时所建的苑囿,以铜雀、金虎、冰井三台最为著名,曹氏父子以及王粲、刘桢等在此慷慨歌诗,抒发渴望建功立业的雄心壮志。曹植《公宴》诗曰:"清夜游西园,飞盖相追随。"

八体六书生奥妙；
五山十水见精神。
——佚名，铁鸟胡同1号门联

题解

书法、绘画既蕴涵艺术妙理,也能够表现人的情感和精神。此门联字体劲逸,内容深邃,可见主人的书画艺术修养。

简注

[八体六书] 指书法文字。按照许慎《说文解字》的说法,八体,指大篆、小篆、刻符、虫书、摹印、署书、殳书、隶书八种书体。六书,指象形、指事、形声、会意、转注、假借六种造字方法。

[五山十水] 指的是山水绘画艺术。杜甫题画诗《戏题画山水图歌》:"十日画一水,五日画一石……尤工远势古莫比,咫尺应须论万里。"

多文为富；

和神当春。

——佚名，西兴隆街53号门联

题解

据沈继光《乡愁北京》摄影记录，门额曰"善"。

上联出自《礼记·儒行》："不祈多积，多文以为富。"意为饱览书籍可为精神富足。下联出自西晋陆云《失题》诗"和神当春，清节为秋"，意为人的精神可与春天的生机相应。

历山世泽;
妫水家声。

——佚名,东南园胡同49号门联

题解

这是妫姓家族的门联,性质上属于家世门联的姓氏联。历山、妫水与妫姓家族的发展有密切联系。妫姓远祖为上古五帝之一的舜,他德行淳厚,声名远播,曾在历山躬耕,妫水旁定居,故后世子孙以妫为姓。

联语意为:先祖余荫始自历山,家族声望源于妫水,世泽绵长,历史悠远。

简注

[历山] 即今山东济南之千佛山。传说历山之下为舜耕种之地。

[妫(guī)水] 今山西永济境内的古水名,与帝舜的传说有关。

[家声] 家族名声。出自《史记·李将军列传》:"单于既得陵,素闻其家声,及战又壮,乃以其女妻陵而贵之。"

河内家声远；
山阴世泽长。
——佚名，长巷头条70号门联

题解

这是王姓家族的门联。河内王氏,以唐代节度使王缙为始祖,其先太原人,王缙与兄王维均为诗画双绝的唐才子。山西朔州山阴王氏有著名的王家屏,字忠伯,号对南,曾做过万历皇帝的老师,一生臣事过三个皇帝,有"天下文官主,三代帝王师"的美称,明万历年间曾任文渊阁大学士,并代首辅之职。

此联意为:王氏源出河内郡,家声久远;再兴于山阴县,家族世泽绵长。

简注

[河内] 河内郡,为古代郡名,据当代学者研究,始置于战国时期。郡治在今河南沁阳。

[山阴] 今山西省朔州市所辖县,金大定七年(1167)始称山阴。一说山阴指浙江绍兴旧县名,王羲之曾经在这里和谢安、孙绰等四十余人兰亭修禊,传为千古美谈。

瑞日芝兰光甲第；
春风棠棣振家声。
——佚名，铁树斜街77号门联

题解

这是一副很出名的门联。意为：瑞日吉祥，优秀的子弟能够光耀门第；春风和煦，兄弟和睦团结能够振兴家族荣誉。

简注

[芝兰] 香草，古代喻指君子佳人。《世说新语·言语》云："谢太傅（谢安）问诸子侄：'子弟亦何预人事，而正欲使其佳？'诸人莫有言者。车骑（谢玄）答曰：'譬如芝兰玉树，欲使其生于阶庭耳。'"后"芝兰"多用来比喻有出息的优秀子弟。

[棠棣] 又作"常棣"，《诗经·小雅·常棣》讲述兄弟之间应该互相友爱："常棣之华，鄂不韡韡。凡今之人，莫如兄弟……"后多以"棠棣"指兄弟。

慈晖永驻；

棣萼联芳。

——佚名，花市上头条53号门联

题解

这副门联所在之地名为花市，而用"萼""芳"等字，与地望颇为照应。这一门联的意思是希望母爱永驻，兄弟和睦，言辞简赅，情谊深切。

简注

[慈晖] 出自孟郊《游子吟》诗："慈母手中线，游子身上衣。临行密密缝，意恐迟迟归。谁言寸草心，报得三春晖。"联语化用写出母亲对儿女的慈爱如春天温暖的阳光永驻。

[棣萼] 棣，指棠棣；萼，指花萼。棣萼，比喻兄弟亲密，出自《晋书·孝友传序》："夫天伦之重，共气分形，心睽则叶悴荆枝，性合则华承棣萼。"

家吉征祥瑞。
居安享太平。
——佚名，西打磨厂45号门联

题解

西打磨厂街形成于明代，当时为皇宫贵府打磨石料、制作石器的石匠大多居住在前门和崇文门之间，慢慢有了"打磨厂"的街名。后来各类铺坊、餐馆、寺庙、会馆都聚集此地，形成南城重要的商业街区。

西打磨厂街45号在同仁堂对面。46号原是老字号同仁堂的东家乐家的老宅，1959年乐家将住宅让给公私合营的同仁堂建立制药厂。

这副门联表达了人们对吉祥如意、安宁太平的生活祈愿。

山光呈瑞采；

秀气毓祥晖。

——佚名，杨梅竹斜街33号门联

题解

山光变幻,瑞采纷呈,秀气灵通,化育祥晖。门联以描写山景入手,视野开阔,置于熙熙攘攘的杨梅竹斜街,表达的是久处闹市、向往自然的情怀。

简注

[瑞采] 同"瑞彩",指吉祥的霞光异彩。

[毓] 生育,孕育。

和风甘雨；

景星庆云。

——佚名，宫门口横胡同1号门联

题解

此联以和风、甘雨、景星、庆云这四种预示祥瑞的事物,表达了人们对平安、富足、吉祥、美好生活的向往。

简注

[景星] 即大星、德星、瑞星。据说在有道之国、太平之世才能见到景星,后人因此用来比喻美好的事物或杰出的人才。

白云远山,图开大米;
斜阳新柳,春满天街。
——佚名,白米斜街11号门联

题解

据说白米斜街11号主人曾是清末重臣张之洞。但联语是否为张之洞所撰,不得而知。白米斜街在地安门外,什刹海附近,此地绿柳参差,远望青山隐约。

在楹联创作上,将所嵌二字置于上下联之首称为鹤顶格,置于上下联之末称为雁足格。此联兼用两格,将"白""米""斜""街"四字分别嵌于上下联的首尾,点明所在位置,巧妙而自然。"白云"之"云"字又作"雪"。上联撷取"银锭观山"的"燕山小八景",远山白云,烟云苍茫,如米芾山水画境;下联写斜阳西下,杨柳依依,呈现满城春色。此联描写白米斜街的优美风景,联语也极富诗意。

简注

[大米] 此处应指北宋著名画家米芾,与其子米友仁皆善画山水,画以水墨为主,善写烟云迷蒙之景色,人称"米家山水"。米芾为"大米",米友仁为"小米"。

[天街] 这里指京城的街道。韩愈《早春呈水部张十八员外》诗有"天街小雨润如酥"句。

《燕京岁时记》英译本插图"春联"

参考书目

梁章钜《楹联丛话》,中华书局,1987年版。
鄂尔泰等《国朝宫史》,北京出版社,2018年版。
于敏中等《日下旧闻考》,北京出版社,2018年版。

顾平旦、曾保泉《对联欣赏》,文化艺术出版社,1982年版。
萧望卿等《古今名胜对联选注》,北京出版社,1983年版。
王存信、王仁清《中国名胜古迹对联选注》,吉林人民出版社,1984年版。
顾平旦、常江、曾保泉《北京名胜楹联》,中国民间文艺出版社,1985年版。
唐棣华《北京名胜楹联辑注》,北京出版社,1988年版。
汪少林《中国楹联鉴赏辞典》,百花洲文艺出版社,1991年版。
柳景瑞、廖福招《中国古今名联鉴赏》,中州古籍出版社,1993年版。
张伯驹《春游社琐谈·素月楼联语》,北京出版社,1998年版。

梁申威《清代对联选》，山西人民出版社，2002年版。

梁申威《明代对联选》，山西人民出版社，2003年版。

李洪波《诗词楹联赏析》，旅游教育出版社，2005年版。

李文君《紫禁城八百楹联匾额通解》，紫禁城出版社，2011年版。

沈继光《乡愁北京：寻回昨日的世界》，广西师范大学出版社，2013年版。

沙立功《刻在大门上的家风：北京门联集粹》，北京出版社，2015年版。

李洪波、韩荔华《旅游文学作品欣赏》（第2版），旅游教育出版社，2015年版。

白化文《闲谈写对联》，北京出版社，2017年版。

夏成钢《湖山品题：颐和园匾额楹联解读》，北京出版社，2019年版。

肖复兴《咫尺天涯：最后的老北京》，生活书店出版有限公司，2020年版。

编后记

今人对北京楹联曾经做过不少整理工作，如顾平旦等编《北京名胜楹联》，收入一千一百多副名胜楹联；唐棣华主编《北京名胜楹联辑注》，也收入六百多处名胜一千余副楹联；故宫学研究所李文君著有紫禁城、圆明园、西苑三海楹联匾额通解，上下考索，释读精审……此外没有被系统整理者还有很多。北京可以说是全国楹联最丰富、留存数量最多的城市。在数量如此庞大的楹联中选取最有代表性、最能反映北京历史文化特点的作品，并不是一件容易的事情。何况对于楹联作品，艺术水准如何评价，历史价值如何判断，所谓各花入各眼，很难有一个确定不移的标准。

有鉴于此，我们在选编的时候希望能够尽可能把反映北京历史文化特色、具有较高艺术价值、流传范围比较广、传诵程度比较高的作品挑选出来。主要编选原则如下：

首先，尽可能编选不同类型的作品，反映楹联的丰富性。为了紧扣北京文化的主题,我们将之分为宫殿坛庙楹联、名胜园林楹联、寺观庵堂楹联、名人古迹楹联、五行八作楹联等几种类型,尽可能照顾到明清以来漫长历史时期,北京不同空间、不同行业所产生尤其是现今仍存留的楹联作品。但楹联的分类向来复杂琐碎,有些楹联非常有代表性,也很有特点,但难以纳入统一角度的分类,权宜之计是设立"其他楹联"以查遗补缺。

其次,尽可能编选不同时期的作品。北京地区楹联最繁荣的时期在清代,尤其是康熙、雍正、乾隆几位皇帝特别热衷撰联,因此在宫殿坛庙、皇家园林、寺观名刹中多有他们题写的楹联。对此自然需要重视,但也尽量照顾其他时期、其他作者的作品,包括清代以前的赵孟𫖯、张居正、边贡、王铎等人的作品,以期反映北京楹联的历史概貌。

另外,尽可能编选不同层次的作品。北京楹联当然以宫殿坛庙、寺观园林等为大宗,也有大量的文人士大夫楹联,我们还将视野扩展至市井民间,以期反映北京传统楹联文化的广远影响。本书收录了大量的不知名作者所撰的一些行业联和旧门联,这些作品虽然主要深藏在胡同、街巷、店铺、商肆,也许难登大雅之堂,但却